내가 행복해지는 선택

내가 행복해지는 선택

초판 1쇄 인쇄 | 2024년 11월 18일
초판 1쇄 발행 | 2024년 11월 25일

지은이 | 김이율
펴낸이 | 김의수
펴낸곳 | 레몬북스(제396-2011-000158호)
주   소 | (10550) 경기도 고양시 덕양구 삼원로73 한일윈스타 1406호
전   화 | 070-8886-8767
팩   스 | (031) 990-6890
이메일 | kus7777@hanmail.net

ISBN 979-11-91107-53-1(03810)

내가 행복해지는 선택

누구도 대신할 수 없는 내 인생이니까

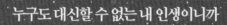

레몬북스
lemon books

3장 ─── 별일 없음의 고마움

4장 ── 조금 이기적이어도 괜찮아

5장 —— '다시'라는 고마운 단어

1장

내가
행복해지는
선택

그거 알고 있니 ?

　　　　외로워서

　　　　널 만난 게 아니라

　　　　널 만나서

　　　　외로워진 거야.

망설임과 실천 사이

　어떤 일을 하기에 앞서 망설이는 사람이 부쩍 많다. 망설이는 이유를 따져보면 원래부터 그 일에 대해 별 의지가 없을 수도 있고 아니면 지나친 계획과 준비의 늪에 빠져 허우적거리는 바람에 행동할 타이밍을 놓치는 경우도 있다. 사실 의지가 없거나 계획과 준비에만 집착한다는 것은 결국 이 한 가지로 귀결된다. '두렵다'이다. 한 치 앞도 알 수 없는 미래가 두려운 거고 실패가 마주칠 고된 현실이 두려운 거고 비참하게 무너질 실패가 두려운 거다. 그러기 때문에 망설이기만 하다가 끝내는 스르르 뒤로 물러나고 만다.

그런데 문제는 그다음부터다. 뒤로 물러난 후 깨끗이 그 일을 단념하면 그만이지만 두고두고 후회를 하게 된다.

"내가 왜 그랬을까? 그때 할걸."

후회도 후회지만 미련도 떨쳐 보내지 못한다.

"난 그 일 아니면 안 되는데 어떡하지? 해야 하고 하고 싶은데…."

후회와 미련은 나날이 커지고 마음은 더 혼란스럽고 심란해진다.

혹여 해야 할 일이 있거나 하고자 하는 일이 있는데 못 해서 후회와 미련으로 자신을 괴롭히고 있는가?

그렇다면 영화 「우리 선희」에 나오는 한 장면을 유심히 볼 필요가 있다.

유학 준비를 하던 선희가 추천서를 받기 위해 대학 담당교수를 찾아가는 장면이다. 벤치에 앉은 둘. 교수(김상중 분)와 선희(정유미 분)의 대화인데 대충 이렇다.

"유학 가려면 최소 3, 4년은 걸릴 텐데 대학원 가려고 그러는 거니? 갔다 오면 서른하나둘, 너 영화 만들려고 그러는 거 아냐? 만들 거면 만들면서 배우는 게 낫지 않나? …난 말이야. 선희, 네가 지금 힘들어도 끝까지 가봐야 된다는 생각이 든다. 괜히 학교 같은 곳 가면은 사람은 또 시간을 벌겠지 뭐 그런 생각을 할 수 있어. 그렇게 되면 결국은 끝까지 안 가도 된다는 핑계를 만들고 말지."

"교수님, 저도 이거 꽤 오래 생각하고 결정한 거예요. 포기하고 그러기에는 그 시점이 좀 지난 것 같아요."

"선희야, 너 같은 경우에는 사람과 부딪치며 뭔가 만드는 걸 힘들어하잖아. 그니까 결과물이 생기지 않아서 지치게 되는 거지. 그런데 사람과 부딪치지 않고 영화를 만들 순 없잖아. 난 네가 자꾸 부딪치고 사람들과 뭔가를 만들려고 하고 그러면서 사람들과 살아가는 방법을 배웠으면 한다. 힘들어도, 그지?"

인생의 시간은 길지만 기회라는 이름으로 주어지는 시간은 그리 길지 않다. 어차피 할 일이라면 하루라도 빨리 하는 게 좋다. 그렇다고 준비도 없이 무턱대고 덤비라는 게 아니다. 한 60% 정도만 준비되었다면 일단 일을 진행하라. 100% 완벽한 준비란 있을 수 없다. 아무리 준비가 철저해도 막상 그 일을 진행하다 보면 돌발 변수가 생기기 마련이다.

두려운 건 다 마찬가지다. 그것을 표현하느냐 하지 않느냐의 차이일 뿐. 어차피 현장에서 겪어봐야 한다. 넘어지고 부딪치고 까이고 쓴맛을 봐야 그 일의 성격을 제대로 파악할 수 있고 나의 한계와 가능성도 점쳐볼 수 있다. 겪어보지 않고 말할 수 없고 피하면 얻을 수 없고 가보지 않고는 볼 수 없다.

누구나 다 자기만의 인생을 경영하는 경영자다.

인생을 잘 경영하려면 책상 앞에 앉아 경영학을 공부하는 것보다는 현장에서 경영 감각을 습득하는 게 맞다. 인생은 책 속의 글자가 아니라 살아 움직이는 것이기 때문이다. 마음속에 들어온 그 무엇을 밖으로 표현하지 않거나 행동으로 옮기지 못한 채 붙들고만 있다면 그 무엇은 설렘에서 금세 두려움으로 변한다. 결국 두려움으로 인해 아무것도 하지 못하는 바보가 되고 만다. 한번 미루기 시작하면 계속해서 미루게 되고 스스로 판단할 문제임에도 불구하고 스스로를 믿지 못하고 자꾸 주위를 살피게 된다. 자신감 결여로 행동을 끌어내지 못한다.

지금 나 자신은 망설임과 실천 사이에서 어느 쪽에 더 기울어져 있는지 냉정하게 점검할 필요가 있다.

설렘의 장소

같은 장소를 같은 사람과 두 번 온 경우도 있지만
같은 장소를 새로운 사람과 오는 경우도 있다.

광장시장에서 빈대떡 한 장과 막걸리 두어 통을
먹었을 때는 지난겨울이었고
지금은 똑같은 장소에서 새로운 사람과 함께한다.

헤어진 연인과 왔던 장소를

새로운 연인과 다시 오게 되고

헤어진 연인과 먹었던 음식을

새로운 연인과 다시 먹게 된다.

그리고 보면 사람들의 생활 반경은 그다지 넓지 않다.

생각과 철학이 변하지 않는데 장소가 변할 리 만무하다.

"여기 와 봤어?"

"아니. 처음이야."

처음이라고 자연스럽게 거짓말을 하고

상대 역시 따지지 않고 자연스럽게 넘어가 준다.

이렇게 알면서도 모르는 척하는 게

어쩌면 새로운 시작을 위한 둘만의 의식인지도 모른다.

광장시장에는 수많은 사람들로 가득하다.

여기에 모인 사람들은 누군가에겐 과거의 사람이고 또 누군가에

겐 지금의 사람이고

또 어쩌면 헤어질 사람일 수도 있다.

하지만 그게 뭐가 중요한가.

빈대떡 한 조각에 막걸리 한 사발을 나눠 먹는 지금의 행복이,

그리고 하나 남은 깍두기를 서로 양보하겠다고 젓가락으로 밀어

주는 시작의 설렘이면 다 된다.

"한 병 더 마실까?"

"…취하면 나 쓰러지는데…."

고독이 나에게 주는 선물

친구가 많으면 그 관계에서

많은 걸 충족하고 결핍이 없고

그러기 때문에 생각할 시간은 상대적으로 적은 거죠.

저처럼 혼자 있는 시간이 많고,

혼자 있으면서… 또 어느 곳을

누구 사람이나 어떤 공간을

변태적으로… 이렇게 가만히 보고 있으면

다양한 생각이 들게 마련이죠.

그런 것들이 차곡차곡 쌓이는 거 같아요.

- 영화감독 봉준호

　　스타벅스의 회장인 하워드 슐츠는 한 신문기자에게 이런 질
문을 받았다.

　　"지금 명성과 부를 다 갖게 되었는데요. 회장님처럼 성공을 하
려면 어떻게 해야 하나요? 그 비법 한 가지만 알려주세요."

　　슐츠는 고개를 갸웃거리더니 이내 입을 열었다.

　　"성공 비법이라고 뭐 특별한 게 있습니까? 비법들을 원하신다
면 이미 시중에 나와 있는 성공에 관한 책들을 펼쳐보면 될 겁니
다. 수많은 비법이 있을 테지만 제가 군이 하나를 뽑는다면 '매
일 다른 사람과 점심식사를 하라!'입니다. 사람이 답이라는 겁
니다."

하워드 슐츠의 말대로 사람이 답이고 성공의 자산이다. 사람을 통해 새로운 정보와 아이디어도 얻고 자신의 부족한 점이나 한계를 채울 수도 있다. 이왕이면 다양한 사람과 교류하는 게 성공적인 인생을 위해서도 여러모로 낫다. 사람 혹은 인맥의 중요성은 아무리 강조해도 지나치지 않다.

그 이야기는 이쯤 하고 '식사'에 대해서 이야기해 보자.

그의 지침대로 매일 다른 사람과 점심식사를 한다면 좋겠지만 그게 과연 며칠이나 가능할까?

당신은 어제 점심식사를 누구랑 했는가? 그제는 또 누구랑 했는가?

대부분의 사람들이 그러하듯 당신 역시 어제나 그제나 똑같은 사람들과 점심식사를 했을 가능성이 크다.

우리의 일상이란 게 그렇다. 같은 일의 반복이며 같은 사람과의 연속적인 만남이다.

그나마 누구랑 함께 식사를 했다면 다행이다. 혼자서 식사를 해야 할 경우도 허다하다.

주변을 둘러보면 의외로 홀로 식사를 하는 사람들이 꽤 많이 눈에 띈다. 일을 보느라 때를 놓치기도 하고 어찌어찌하다 보니 혼자만 남게 되는 경우도 있다.

　　이럴 때 참 난감하다. 배는 고프고 그렇다고 혼자 식당에서 식사를 하는 것도 그리 달갑지 않고. 혼자 식당에서 식사를 한다는 게 남자도 그렇지만 여자라면 더더욱 곤란하다. 대부분의 여자들은 그냥 굶고 말지 절대로 식당에 가지 않겠다고 할 것이다.

　　혼자 식사를 한다는 것, 쓸쓸하고 고독한 것도 문제지만 그보다도 남들의 시선이 더 신경이 쓰인다.

'예쁘장하게 생겨서 왜 혼자 밥 먹지? 혹시 왕따 아냐?'
'좀 그렇다. 왠지 불쌍해 보여.'

　　정보기기의 발달로 요즘 사람들은 친구 내지 가족과 항상 연결이 되어 있다. 그래서 그런지 몰라도 혼자라는 것에 그리 익숙하지 않다. 더군다나 우리나라는 예로부터 식사라는 개념을 단지 밥을 먹는 것을 의

미하는 게 아니라 타인과의 소통 내지는 정을 나누는 시간으로
인식해 왔다. 그렇기 때문에 혼자 식사를 한다는 것에 대한 어려
움이 더 있다.

그렇다고 언제까지 혼자라는 이유로 굶을 수만은 없는 노릇
이다. 한 끼 정도는 다이어트라 생각하고 굶을 수 있다 치더라도
혼자 먹어야 하는 상황이 자주 발생한다면 매번 굶을 수도 없다.
먹지 않으면 기운이 빠지고 머리도 아프고 의욕도 없다. 다 먹자
고 하는 짓 아니겠는가. 먹어야 한다. 자존심이 상하고 주위의 시
선이 따갑더라도 배고픔 앞에서 버텨낼 사람은 없다.

약간의 용기가 필요하다. 그 용기라는 것이 단지 밥을 먹기 위
한 처절함의 몸부림이라고 생각한다면 용기라는 단어가 퇴색해
질지 모른다. 혼자 식사를 한다는 것을 이리 생각하자.

'이 세상에 홀로 서는 법을 배우는 과정이다.'

혼자 식사를 한다는 게 처음엔 가시방석처럼 불편하다. 괜히

아는 사람을 만날까 불안하고 주위에서 수군거리는 것 같아 신경이 쓰인다. 그래서 허겁지겁 막 입안에 쑤셔 넣고 도망치듯 식당에서 나온다. 물론 혼자 먹는 식사가 무슨 맛이 있겠는가. 그렇다고 죄인처럼 먹을 필요는 없다. 쓸쓸해 보이면 좀 어떤가. 안타깝게 본다고 해서 무슨 일이 일어나는 것도 아니다. 초연해질 필요가 있다.

혼자, 고독, 쓸쓸함.

이 시간이 나를 성숙시키고 발전하게 만드는 거룩한 시간이라 생각하면 어떨까. 세상으로부터 홀로 서는 연습을 하는 과정이라 생각하면 어떨까.

생각을 조금만 바꾸자. 천천히 맛을 음미하고 깊게 사색하고 여유롭게 즐길 수 있는 마음의 공간이 생길 것이다.

아인슈타인은 이렇게 말했다.

"고독은 젊은 날에는 고통스럽다. 하지만 좀 더 성숙하면 고독은 즐거운 일이 된다. 나는 시골에서 고독하게 생활했는데 고요한 삶의 단조로움이 창의적 사고에 자극이 된다는 것을 깨달

왔다."

글쓰기의 원조라 할 수 있는 책인 『작가수업』의 저자인 도러시 아 브랜디 역시 이런 말을 했다.

"너무 과도한 사교생활은 이제 막 꽃피기 시작한 재능에 자칫 크게 독이 될 수 있다. 집단이나 개인이 작가로서의 그대에게 어떤 영향을 미치는지는 오로지 고독한 성찰을 통해서만 알 수 있다."

더 이상 혼자 식사하는 걸 주저하지 마라. 맘에 드는 식당이 있다면, 유독 당기는 메뉴가 있다면 성큼성큼 다가가 식당 문을 열어라. 홀로 당당히 세상의 문을 두드려라.

언제 시간이 되면, 신촌에서 한번 보자. '홀로족'들이 즐겨 찾는다는 일본식 라멘집이 있단다. 식사는 각자 따로 하고 술이나 같이 어울려 마시자.

당신이 행복해져도
누가 뭐라 할 사람 없다

예전에는 눈물이 참 많았습니다.

짜장면 그릇을 보며 눈물을 흘린 적도 있고 연극 공연을 마치
고 무대 뒤에서 의상을 갈아입으며 눈물을 흘리기도 하고 헤어
지자는 그 말 한마디에 왈칵 눈물이 나 화장실에서 한참을 울기
도 하고 아파하는 그를 보며 숨죽이며 울기도 했습니다.

근래에 와서는 통 눈물을 흘린 적이 없습니다.

사실 예전보다 지금이 몇 배는 더 힘거운 삶일 텐데 전혀 눈물

이 나지 않습니다.

왜 그럴까요? 이런 게 인생이라는 것을 알아차린 걸까요? 그게 아니라면 살면서 많은 눈물을 흘린 탓에 더 이상 흘릴 눈물이 없는 걸까요? 그것도 아니라면 지친 일상에 치여 감정이 사막처럼 메말라 버린 걸까요?

TV 예능프로그램을 보면서 눈물을 왈칵 쏟은 적이 있습니다.

출연자 중에 남자로 태어났지만 지금은 여자의 삶을 살아가고 있는 사람이 있었는데 그는 힘겨웠던 지난날의 선택에 대해 담담하게 때론 격하게 감정을 토해냈습니다.

그는 지금까지 살아오면서 힘든 시간을 보냈지만 특히 성전환 수술을 하기 전까지는 더더욱 힘들었다고 합니다.

'과연 내가 남자가 맞을까?'

아무리 생각해도 남자의 삶은 자신의 삶이 아닌 것 같았습니다.

입대 영장이 나왔을 때 여장을 하고 병무청에 찾아가 자신의 성 정체성에 대해 설명하고 면제를 받을 수 있었습니다.

그 후, 성전환 수술을 하기로 결심하고 가족에게 그간 스토리를 털어놓았습니다. 집안은 발칵 뒤집혀 난리가 났고 몇 날 며칠 집안에서는 울음소리가 멈추지 않았습니다.

며칠 후, 아버지는 힘겹게 입을 뗐습니다.

"이 힘든 세상에 어떻게 그런 짐을 짊어지고 살려고 하니?"

그 말 속엔 비난보다는 걱정과 사랑이 담겨 있었습니다.

"힘든 줄 알아요. 그래도 저로 살고 싶어요."

"그래, 네가 행복해질 수 있다면….”

"고마워요. 아버지."

"그래. 힘내라. 네가 딸이든 아들이든 상관없이 넌 변함없는 내 자식이야. 사랑한다. 내 셋째 딸.”

그렇게 해서 성전환 수술을 하게 되었고 죽음과도 같은 수술의 아픔을 이겨내고 지금의 모습으로 살고 있다고 했습니다.

"사랑한다. 내 셋째 딸."

이 대목에서 저는 눈물을 왈칵 쏟았습니다. 한번 터진 눈물은 쉽사리 멈추지 않았습니다. 한참 후에야 진정이 되었고 그날 밤, 그녀의 울음과 나의 울음에 대해 생각해 보았습니다.

그녀가 왜 그런 힘든 결정을 내렸을까요?

아버지는 왜 그녀의 선택을 존중해 주었을까요?

왜 나는 눈물을 흘렸을까요?

이 세 가지의 교집합을 찾아보니 '행복'이라는 단어가 떠올랐습니다.

그녀는 자신의 진짜 삶, 진정한 삶의 의미를 위해서 결단을 내린 것입니다.

아버지는 자식이 행복해질 수 있는 길이 무엇인지를 우선으로 생각한 것입니다.

저는 지금의 내 삶이 행복한 걸까에 대한 의문을 갖게 된 것입니다. 그래서 저도 모르게 눈물이 났던 것입니다.

행복이란 무엇일까요?

행복은 하늘에서 갑자기 떨어지는 것도 아니고 그렇다고 땅에서 솟아나는 것도 아닐 겁니다.

행복. 그건 어디서 생겨나는 걸까요?

행복도 선택인 것 같습니다. 내 스스로 만드는 것 같습니다. 행복하고자 원한다면 자신이 행복할 수 있는 일을 선택하면 됩니다.

물론 선택한다고 해서 다 행복해질 순 없겠죠. 무언가를 선택한다면 다른 무언가를 포기해야 하는 상황이 발생합니다. 그렇기 때문에 쉽사리 내가 원하는 행복을 선택하지 못합니다. 포기해야 할 것에 대한 미련과 선택하는 과정 속에서 겪게 될 부담 내지 고통 때문에 결국 대부분은 살아왔던 방식과 모습 그대로 살아가고 있죠.

"언제쯤 난 행복해질까?"

그 답은 자기 자신이 가장 잘 알고 있습니다. 언제 가장 행복했고 무엇을 할 때 행복했는지 말입니다.

여태 참으로 열심히 살아왔습니다. 많이 힘들었습니다. 그러니 이제는 행복을 선택하세요. 무엇이든 그게 행복이라면 포기한 것보다는, 감당해야 할 고통보다는 분명 가치 있는 일일 것입니다.

내 인생, 누가 행복을 가져다주겠습니까?

내가 선택하고 내가 사는 겁니다.

둘도 없는 내 인생,

이제 당신이 행복해져도 누가 뭐라고 할 사람 없습니다.

시작할까요

'겨울인데 외롭지 않으세요'라고

그가 물었고

'찬바람 속에 봄냄새가 나요'라고

나는 답했다.

하차 벨

버스 안의 사람들은 제각각이다.

옷을 멋스럽게 입은 아가씨가 있는가 하면 꽃을 들고 서 있는 젊은 남자도 있고 흔들리는 버스 안에서 마스카라로 눈썹을 올리는 여고생도 있고 칭얼대는 아이에게 사탕을 주려는 할머니도 있고 통화를 하며 누군가에게 연신 쌍욕을 하며 화내는 중년도 있고 마지막으로 창밖으로 손을 내밀며 손가락 그물로 바람을 잡아두는 그도 있다. 마지막 그가 바로 나다.

버스 안에 있는 모든 사람들의 생김새와 행동 그리고 일상, 처지 또한 모두 다르겠지만 이 안에 있는 사람들에겐 공통점이 하나 있다. 모두 다 어디론가 향하고 있고 시간차는 나겠지만 결국 그 어딘가에서 하차를 한다는 거다.

나의 하차 장소는 고속터미널이다.

그곳이 최종 목적지는 아니다. 간밤에 지인의 어머님께서 운명하셨다는 부고를 듣고 나는 지금 군산에 내려가는 길이다. 최종 목적지는 군산, 아니 군산의 한 귀퉁이에 있는 장례식장이다.

다행히 도로는 한가했다. 한 30분쯤 달렸을까 벌써 다음 정거장이 고속버스터미널이다. 나는 손을 길게 뻗어 버스 벽면에 있는 하차 벨을 꾹 누른다. 하차 벨에 수줍어하는 새색시 볼처럼 불이 들어온다. 잠시 뒤, 뒷문이 스르르 열리고 이제 내리면 된다. 그런데 이상한 일이 벌어졌다. 내 발이 바닥에 뿌리를 내린 듯 움직이지 않았다. 꼼짝도 할 수 없었다. 어, 어떡하지 내려야 하는데, 이 문이 닫히면 안 되는데. 이내 문이 닫히고 말았다. 기사님, 내려요, 문 열어주세요. 그 말조차 나오지 않았다. 이게 무슨 일이람. 버스는 굴러갔고 결국 다음 정거장에서 내렸다.

하차 벨에 불이 들어오는 순간, 나는 무슨 생각을 했던 걸까. 도대체 무슨 생각에 사로잡혀 한 발자국도 내디딜 수 없었던 걸까. 문득, 그가 스쳐 지나간 것이다. 아무런 예고도 없이 내 인생에서 하차를 한 그. 잘 살라는 얘기도 없이 내 인생에서 사라진 그. 고통을 멈춘 채 평온한 표정으로 내 인생에서 영영 떠나버린 그. 그 순간, 그가 그렇게 나를 꽉 붙들고 있었던 거다. 아니, 내가 여전히 아쉬워 그를 놓지 못하고 있는 건 아닐까. 모든 미련 버리고 이제는 내려놓아야 하는데, 이제는 그의 추억에서 하차를 선언해야 하는데….

살다 보면 내 뜻과 상관없이 사랑하는 이와 작별을 해야 할 때가 있다. 내 일상과 인생 옆에서 늘 가까이 있었던 이를 떠나보내야 할 순간이 있다. 그 흔한 사랑한다는 말도 건네지 못해 두고두고 미안한 나머지 어쩔 줄 몰라 쩔쩔매며 후회할 일이 있다. 그럴 때 그 상황을 어떻게 받아들여야 하고 어떻게 견뎌내야 하고 어떠한 자세를 취해야 할까 참으로 당황스럽다. 이런 상황을 평소 연습했다면 조금 태연하게 보낼 수 있었을까. 아니, 아무리 연습한다고 해도 주체할 수 없는 슬픔의 겹은 층층 쌓일 것이다.

시계를 본다.
서둘러 달려가 간신히 고속버스에 올라탄다.

고속버스는 열심히 달렸고 정오가 될 즈음, 군산 장례식장에 도착했다. 첫 군산이 여행지가 아니라 장례식장이라니 괜스레 군산에게 미안하다. 장례식장은 여느 곳과 마찬가지로 깊은 눈물과 소소한 웃음이 공존한다. 끝이란 늘 그렇다. 더 이상 없을 것 같지만 항상 그 끝에서 다시 시작한다. 그 진리를 알기에 우리는 조금의 웃음을 서로 허락한다. 다른 세상으로 떠나는 이에게 마지막 인사를 건네고 허기진 배를 육개장으로 채운다. 상주와 소주 한 잔을 나눈다. 이로써 오늘의 과업은 마침표를 찍는다.

장례식장 근처에 있는 옛 철길 위에 서서 하늘을 본다. 생과 사, 그 간격을 걸으며 우리의 인연 혹은 사랑을 생각해 본다. 만남과 헤어짐, 그 중간에는 아무런 감흥이 없다가 마지막 선에 서면 감정은 용광로처럼 들끓기 시작한다. 처음 만났을 때도 그랬고 마지막 길을 보냈을 때도 그랬다. 참으로 뜨거웠고 참으로 고요했고 다시 참으로 뜨거웠다. 이제 그 뜨거움이 서서히 식어가고 그 존재가 희미해지지만 그래도 여전히 먼저 간 자는 오래 남고 남겨진 자는 잠시 산다.

하자 많은 나날이지만 함부로 하차할 수 없는 인생이기에,
다시 서울로 가야겠다.
다시 일상으로 돌아가야겠다.

집으로 가는 길, 버스는 타지 않으련다.
이런 날이면 하차 벨도 무섭다.
그래, 달려보자 택시.
바람이 차갑다. 꽃향이 날아든다.
그대, 잘 가라.

부디 오늘도 안녕히!
부디 내일은 여전히!

막차를 기다리며

죽을 만큼 달려

가까스로 막차를 탔다

이제 나도

너의 마지막 인연이었으면

부디 너도

나의 마지막 인연이었으면

독감 블루스

온몸이 쑤시고 기력이 쇠하고 기침이 끊이지 않는다. 보너스로 콧물까지. 웬만하면 버티는데 이 고통을 감당할 자신이 없다.

병원에서 독감 처방전 '타미플루'를 받았다.

처방전을 갖고 약국으로 향했다. 병원과 마찬가지로 약국 또한 사람들로 붐볐다. 내가 먼저 왔노라고 옥신각신하는 사람도 있었다. 나는 구석에서 기침을 해대며 약이 나올 때까지 기다렸다. 사실 아프지 않으면 눈길조차 주지 않는 곳이다. 그런데 막상 아프고 나니 새삼 고마움이 느껴지는 곳이다.

"타미플루입니다. 지금 하나 드시고 열두 시간 후에 드세요. 열두 시간 간격으로 5일 꾸준히 드셔야 합니다. 그리고 독감은 전염되니 사람 많은 곳은 가지 마세요. 됐죠?"

약사의 "됐죠?"라는 말 속에 '다 알아들었으니 질문 같은 거 하지 마세요'라는 속뜻이 숨어 있는 듯했다. 궁금할 것도 없으니 "네"라고 답했지만 설령 궁금한 게 있더라고 느긋하게 질문할 상황이 아니었다. 지금 이 순간에도 약국 문은 열리고 처방전을 든 환자들이 끊임없이 들어온다.

집으로 가는 언덕길을 오른다. 평상시에는 거의 꼭대기 근처에 다다랐을 시간, 숨을 헐떡거렸지만 오늘은 중간부터 숨소리가 거칠다.

불 꺼진 방에 들어가자마자 누웠다.
바로 잠이 오면 좋으련만… 그런 생각을 하는 것조차 힘들다.

몸이 아프면 생각도 멈추는 법. 하지만 두려움은 점점 커지는 법. 문득, 며칠 전에 뉴스에서 본 게 생각났다. '타미플루'를 먹은 중학생이 아파트 베란다에서 떨어져 숨졌다는 것. 약의 부작용으로 인해 정신을 놓았는지 아니면 악몽을 꿔 이리저리 헤매다 그냥 떨어졌는지 알 순 없지만 내 가슴이 쪼그라든다.

약을 이미 먹는 상태.

나도 그 학생처럼 그러지 않을까 하는 두려움이 고통을 더 자극한다. 그래, 살자. 이대로 갈 순 없지. 아직도 봐야 할 사람이 있고, 아직도 지켜야 할 사람이 있고, 아직도 이루지 못한 꿈이 있지 않은가.

혹시 몰라서
그럴 리 없겠지만

문을 잠근다.
똑딱이를 꾹 누른다.

죽어도 이 안에서 죽자.

살아도 이 안에서 살자.

창밖에서 멍멍 개 짖는 소리가 들린다.

이제 긴 밤의 고통을 뜨겁고 어지럽게 즐겨야겠다.

잠들어도 정신 똑바로 차려야겠다.

안녕히

하루 종일 벽만 바라보았다.

아니 벽 같은 모니터만 바라보았다.

뭔가 써보려고 했지만 썼다 지웠다만 수백 번 반복. 곧 하루
가 뒤바뀌는 시간이 다가오는데 오늘은 단 한 줄도 쓰지 못했다.

구상한 것은 가득한데 왜 이리 정리가 안 되는 걸까. 아니 정리
하고 싶은 마음이 아직 없는 듯하다. 아직도 맘이 안정을 찾지 못
한 듯하다. 처음부터 없었다면 상실감은 덜하겠지만 있다가 없

어지면 그 공허함은 이루 말할 수 없다. 채울 수 없다면 결국 그 텅 빔의 시간을 인정하고 받아들여야 하는 걸까.

그래, 나만 그런 게 아니겠지.

누구나 다 몰래 외로워할 거야.

누구나 다 몰래 외로울 거야.

이 말을 반복하며 속으로 시간을 삭인다.

며칠간은 글노동을 못 할 듯하다.

그냥 흐르는 시간에 나를 던져야겠다.

익숙했던 고마운 시간, 다정한 배려, 따사로운 밥 한 공기…

그것만 남기고 이제 다 내려놓아야겠다.

밖에 눈이 온다는 뉴스가 흐른다.

모니터에 하얀 눈이 가득하다.

이제 안경을 벗고 누워야겠다.

안녕히.

딸기맛 산도

엄마는 시장 다녀오면서 늘 구멍가게에 들러 딸기맛 산도를 사오셨다.

양쪽 깨지지 않게 잘 분리시켜 혀로 크림을 빨아 먹고, 이를 환히 엄마에게 보이며 행복해했다.

엄마는 아무 말 없이 미소 지으며 그저 고개만 끄덕였다. 그 미소가 요즘 부쩍 많이 그립다. 계절의 변화 때문일까 잦은 감기 때문일까 마음이 조금 흔들린다.

하지만 그립다가도 다시 또 힘이 난다. 하늘에 있든 어디에 있는 내 편이라는 그 생각이, 그 마음이 든든하고 고맙다.

가을이 되니 모든 것이 잘 풀릴 거라는 기대감으로 가득하다. 끊임없이 생각하고 열렬하게 쓰는 게 나의 사명이고 나의 밥벌이다. 그 사실에서 이제는 벗어나지 않으련다. 엄마의 기운, 엄마의 인생, 엄마의 믿음으로 지금보다 더 치열하게 혹은 심플하게 매진해야지.

아, 가을이다.
산도 먹고 인생의 산도 멋지게 타야겠다.

단세포

가장 행복했던 순간은 어쩌면 기억나지 않을 수도 있다. 아무 생각이 없을 때, 즉 아무 일도 일어나지 않거나 내일에 대한 고민이 없을 때가 가장 행복한 시간이기 때문이다. 부디 아무 일 없기를.

마음의 밭에
무엇이 자라고 있나요?

중요한 것은 마음의 방이다.

어느 날은 정의가, 어느 날은 거짓이,

어느 날은 진실이, 어느 날은 탐욕이

마음의 주인으로 자리 잡는다.

누구를 주인으로 삼고

누구를 가끔 찾아오는 손님으로 삼는가에 따라

당신의 인생은 결정되는 것이다.

- 무명씨

한 철학자가 들판의 잡초를 가리키며 제자들에게 물었습니다.

"이 잡초를 없애는 방법이 뭘까 얘기를 해보거라."

제자들은 한 명씩 대답했습니다.

"불로 태우면 어떨까요?"

"삽으로 땅을 갈아엎으면 될 것 같습니다."

"싹 뽑아버리면 됩니다."

"발로 짓밟으면 되지 않을까요?"

철학자는 제자들에게 이렇게 말했습니다.

"그래, 다들 좋은 방법이구나. 그렇다면 각자 자신이 말한 대로 이 잡초를 없애보거라. 1년 후에 다시 이 자리에 와서 확인을 해보도록 하자. 나 역시 내 방법대로 잡초를 없애보겠다."

철학자와 제자들은 각자의 방법으로 잡초를 없애기 위해 분주히 움직였습니다.

1년 후, 철학자와 제자들은 그 자리에 모였습니다.

들판을 살펴보니 잡초가 그대로 무성했습니다. 제자들이 행한 방법은 다 무용지물이었습니다. 그런데 철학자의 자리엔 잡초가 하나도 없고 그곳에 곡식이 자라고 있었습니다.

제자들은 어떻게 된 거냐고 철학자에게 물었습니다.

"스승님, 우리들 자리엔 다시 잡초가 생겼는데 왜 스승님 자리엔 다른 곡식이 자라고 있는 거죠?"

철학자는 허허 웃으며 말했습니다.

"들판의 잡초를 없애는 방법은 딱 한 가지다. 잡초를 제거했다고 끝나는 게 아니라 잡초가 자랐던 그 자리에 곡식을 심는 거란다. 알겠느냐?"

우리의 마음도 그래요.

미움, 복수, 시기, 절망, 포기, 부정 등

악한 것들을 버린다고 해서 그게 다 사라지는 게 아니에요.

그러한 것들은 우리가 잠시 빈틈만 보이면

이때다 하고 순식간에 다시 파고들어요.

마음은 심히 흔들리고 결국 좋지 않는 상황 쪽으로 치닫고 말죠.

'두 개의 수도꼭지 원리'라는 게 있습니다.

차가운 물 쪽의 밸브를 잠그면 당연히 차가운 물이 멈추죠.

그러나 거기까지예요.

차가운 물이 멈췄다고 해서 저절로 따뜻한 물이 나오는 건 아니죠.

따뜻한 물 쪽의 밸브를 열어야만 따뜻한 물이 나오는 겁니다.

즉, 악한 것들을 버린다고 해서 그걸로 끝나는 게 아니에요.

악을 쫓아냈다면 그 자리에 선을 심어야 해요.

순수, 착함, 다정함, 배려, 사랑….

선한 것들로 새롭게 세팅해야

악한 것들이 두 번 다시 발을 붙일 수 없습니다.

지금 당신의 마음 밭에 무엇이 자라고 있습니까?

잡초가 많다면 어서 다 뽑아내고

그 자리에 예쁜 꽃을 심으십시오.

그 꽃이 필 때쯤이면 향기도 좋아

바람도 머물 것이고 나비 떼도 날아들 것입니다.

행복을 바란다면
행복을 받아들이세요

행복이란,

하늘이 푸르다는 사실을 발견하는 것만큼이나

쉬운 일이다.

- 요슈타인 가아더

영국의 철학자이자 수학자인 러셀이 중국에 방문한 적이 있습니다.

볕이 좋은 어느 날, 그는 인부들이 실어 나르는 의자를 타고 어메이산을 올랐습니다. 나무며 바람이며 아래로 보이는 풍경이며 지상낙원이 따로 없었습니다.

그런데 인부들이 흘리는 땀을 보는 순간, 산행의 낭만이 싹 사라지고 말았습니다. 러셀은 마음이 불편했습니다.

'저 인부들이 얼마나 날 미워할까? 아마도 살맛이 안 날 거야. 그냥 걸어 올라가기도 힘든데 사람을 싣고 올라가다니. 얼마나 삶이 불행할까?'

산 중턱에 도착하자 러셀과 인부들은 잠시 쉬었습니다.

러셀은 인부들의 표정과 말을 유심히 살펴보았습니다. 그런데 놀라운 게 힘들어서 불평불만이 막 쏟아질 줄 알았는데 표정엔 미소가 있고 말속에는 즐거움이 있었습니다. 인부들은 지금의 상황이 불행하다고 느끼지 않는 듯했습니다.

그 순간, 러셀은 뭔가를 깨달았습니다.

'그래, 나의 기준으로 다른 사람의 행복을 평가할 순 없지.'

그렇습니다.

다른 사람에겐 그저 그런 일로 보여도

그것을 행복으로 느끼는 사람이 있습니다.

행복의 기준은 사람마다 다 다릅니다.

목이 마른 이에겐 물 한 방울이,

일상에 지친 이에겐 단 하루의 여행이,

배고픈 이에겐 따뜻한 밥 한 그릇이,

땀 흘려 일한 이에겐 10분간의 휴식이 크나큰 행복이 됩니다.

누구나 다 행복한 삶을 원합니다.

물론 당신도 그럴 겁니다.

당연히 행복한 삶을 원할 겁니다.

왜 내 삶은 행복하지 않을까 불만스러울 겁니다.

행복해지는 방법은 의외로 간단합니다.

행복을 바란다면 행복을 바라보면 됩니다.

안젤름 그륀 신부는 행복에 대해 이렇게 말씀하셨어요.

"행복은 특별한 기술이 있어야 가질 수 있는 것이 아니다.

그것은 받아들임의 방식이다.

행복한 삶인지 아닌지의 문제는 외부와의 관계나

수입, 건강에 달려 있는 것이 아니라

삶에 대한 우리의 관점에 달려 있는 것이다."

행복의 기준을 너무 높게 잡지 마십시오.

행복의 기준을 낮추면 인생이 두 배로 즐거워집니다.

물 한 방울에 감사하고

단 하루의 여행에 감동하고

밥 한 그릇에 만족하고

10분간의 휴식에 즐거워하는 마음을 갖는다면

그게 바로 행복한 사람입니다.

작고 사소한 것도 이게 행복이구나 받아들이면 됩니다.

행복, 그거 어렵지 않습니다.

타는 중

태양이 지독하게 열을 뿜어내다

잠시 쉬는 사이,

태양에게 살포시 다가갔다.

"왜 그렇게 열 받았니?"

"내 마음을 몰라줘서."

태양이 사랑의 열병이 난 것이다.

누구를 사랑하는 걸까?

그 답은 듣지 못한 채

그저 마음 식히라고 쭈쭈바 하나 건네줬다.

누구나 그래

연정을 품으면

뜨거워지는 거야.

익어버리지

마음 한구석이

아니 인생 전체가 타버리고 말지.

내가 그래.

지금 내가 그래.

어차피 인연은

오다가다 만난 사람과

막걸리 한잔했고

스치는 사람과

꿈을 나눴고

어깨를 부딪친 사람과

미소를 주고받았고

커피를 건네는 사람과

아프리카 소년에 대해 이야기를 나눴다.

예전부터 아는 사람들이 아니었지만

그럴듯한 친근함으로 썩 깊지 않은,

하지만 통할 수 있는 언어로 기분을 냈다.

우리는 깊이 알아야만

혹은 깊어져야만

그 사람과 나의 유대가 쌓인다고 생각한다.

허나 그건 때론 불편함으로 다가올 수가 있다.

그저 깊어지지 않게,

너무 가까워지지 않는 것도 그리 나쁘지 않다.

인연이라는 것은

어차피 스쳐 지나가는 것일 뿐.

그것을 기필코 엮고 지속한다는 것이

어쩌면 욕심이 아닐까.

사실 따지고 보면 처음도 그랬고 끝도,

허공을 붙드는 바람이 아니었던가.

오늘도 인생을 알고 인생을 잃고

사람을 만나고 사람과 헤어진다.

사람이라 외로운 건가

의자에서 졸다가 깊은 밤에 깨어났다.

창문을 열어놓은 탓에 몸에 냉기가 흐른다.

본격적으로 누워서 자려 하지만

이미 충분한 수면 탓일까 눈이 자꾸 눈꺼풀을 연다.

이 밤, 어찌해야 하나.

생각이 참 많아진다. 생각이 참 복잡하다.

사람을 만나고 사람을 알아가고

사람을 믿고 사람을 꿈꾸고, 하는 사이

버스가 지나갔고 구름이 흘러갔고

전봇대의 불빛은 깜박거린다.

창문을 닫는다.

바람의 꼬리를 잘라내니 방에 온기가 퍼진다.

밤이 깊어,

외로움이 깊은가

외로움이 깊어,

밤이 깊은가

그게 아니라면

사람이라 외로운 건가.

뜬눈.

모기.

고독.

2장

여리고
흔들려도
울지 말고

삐친 밤

화가 나서
그냥 뒤돌아섰지만
네가 무사히 귀가할 수 있도록
밤하늘에 별 몇 개 띄워놨어.

내일 아침이면
후회할 테지만
오늘은 그냥 별로 인사할게.

잘 들어가.

나이의 무늬

표현한다는 것이

언제부턴가 예민이라는 이름으로 인식될 때가 있다.

나이의 무늬가 짙어지다 보니

더더욱 그런 생각이 든다.

쉽게 얘기해서

괜한 일로 사람들을 불편하게 만들거나

대수롭지 않는 걸로 유달리 까다롭게 굴면

열이면 열, 다 피하게 된다. 결국 스스로 벽을 쌓는 꼴이 된다.

설령 그게 옳고 바른 이야기라 할지라도

타인에 대한 배려가 없다면

자칫 독선이나 고집으로 비칠 수 있다.

주장을 전달하는 것이

자신의 가치와 존재감을 높이는 수단인 건 분명한 사실이다.

하지만 사람들의 마음에 감동 내지 동감을

얻어내지 못한다면 일방적인 직설에 불과하다.

사람은 사람을 벗어날 수 없다.

그러하기에 관계라는 테두리가 중요하다.

작은 목소리, 작은 사상이라도

그것이 사람들에게 잔잔히 스며들 수 있다면

분명 그건 오래가는 힘이 될 것이다.

주장을 하기 전에 겸손을,

설득을 하기 전에 공감을.

나이의 무늬가 점점 짙어지는 이 시점,

그게 필요하다.

별똥별

마른 밥에
간장 한 종지.

허겁지겁
하루의 허기를 채운다.

컥컥

순간,
별똥별 하나 떨어진다.

목메지 말라고
별사탕 던진 걸까.

엄마가.

그 후

아무런 의미도 없이 흘러가는 하루하루가

아깝기도 하지만

그저 이렇게 시간을 보내야만 견딜 수 있는 날도 있다.

감잣국을 끓이며

아기 주먹만 한 감자를 반으로 자르고, 그 반을 다시 또 자르고…

몇 번 반복해서 자르니 먹기 좋은 크기가 되었다.

냄비에 참기름을 별 모양으로 두르고 고춧가루 한 스푼 그리고 식용유 두 방울을 넣는다. 기름과 고춧가루가 서로 뒤엉켜 굳어질 즈음, 물을 넉넉히 넣는다.

감자 투하. 그리고 한 이십 분쯤 기다린다. 냄비 뚜껑을 열고 그 안을 들여다본다. 참 색깔 곱다. 모든 요리가 그렇듯 재료가 좋아야 하고 순서를 따라야 하고 기다림을 간직해야 한다.

인생도 그런 것 같다.

좋은 재료가 될 수 있도록 내 안의 것을 잘 들여다보고 그것이 성장할 수 있도록 많은 노력을 기울여야 하고 또한 내가 앞서기 위해 남의 허리춤을 잡거나 짓밟아선 안 된다. 섣부른 조바심으로 순리를 앞당기려 하지 말아야 한다. 뭐든지 스며들 때까지 묵묵히 기다려야 한다.

이제 맛을 좀 볼까.

밥 한 숟가락과 감자 한 조각 그리고 국물을 후루룩 먹는다. 일품이다. 이 소박한 식사, 참 괜찮다. 마주 앉아 있는 사람은 없지만 뭐 어떤가. 이미 인생의 맛을 봤으니.

꿈,
떠나게 내버려 두지 마세요

대부분의 사람들은

25세의 나이에 목 윗부분이 죽어버린다.

왜냐하면 꿈꾸기를 멈추어 버리기 때문이다.

- 벤저민 프랭클린

꿈은 사람을 가만히 내버려 두지 않습니다.

움직이게 하고 설레게 하고 분주하게 만듭니다.

힘든 일도 거뜬히 이겨내게 하고 지칠 줄도 모르게 합니다.

꿈의 끝에서 맛보게 될 그 달콤한 성과가 지금의 힘듦을 잊게 하죠.

그런데 꿈이 있다고 해서 무작정 행복한 건 아닙니다.

그에 따른 고통이 있기 마련입니다.

결과가 뜻하는 대로 되지 않으면 깊은 절망에 빠지게 됩니다.

내 능력이 이 정도밖에 되지 않는가 하고 자책하게 되고 자괴감에 빠지고 자존감에 상처가 나기도 합니다.

이럴 바에야 차라리 꿈꾸지 말걸, 후회가 되기도 합니다.

반면 꿈이 없는 사람은 어떨까요?

일단 원하는 바도 없고 지향하는 바도 없으니 시도조차 없습니다.

시도하지 않으니 실패할 일도 없고 절망할 이유도 없습니다.

눈앞의 것만 바라보고 사니 생활이 단조롭고 이루지 못한 것들에 대한 자괴감이나 패배의식도 없습니다.

그날이 그날이고 딱히 파생되는 부정적인 것들도 일어나지 않습니다.

그렇다고 그 삶이 완벽한 건 아닙니다.

시도가 없으니 당연히 발전도 없고 변화도 없습니다.

지루하고 무기력한 일상의 반복, 삶의 의미와 생기의 고갈, 현실주의자, 그게 삶의 전부가 됩니다.

꿈이 있는 삶,

꿈이 없는 삶.

어느 삶이 옳은 건지 여전히 답은 없습니다.

둘 다 삶이니까요.

그렇지만 분명 알아야 할 게 있습니다.

삶이란 단지 호흡하는 게 아니라

살아가야 하는 이유를 찾는 것임을.

꿈이란 결과에서 찾는 가치가 아니라

그 과정에서 얻는 행복임을.

문제와 마주쳤을 때
어떻게 해야죠?

지혜는 샘물이다.

그 물은 마시면 마실수록

강해지고 끊임없이 샘솟아 오른다.

- 안겔루스 질레지우스

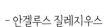
"초상화를 그려라."

장군의 이 말 한마디에 모든 화가들은 벌벌 떨었습니다.

장군은 애꾸눈이기 때문입니다.

원래 모습 그대로 애꾸눈으로 그리면 장군은 버럭 화를 내며 그 자리에서 칼을 휘둘렀습니다.

그렇다고 양쪽 눈 모두 성한 모습으로 그려도 장군은 못마땅했습니다.

"이걸 지금 내 얼굴이라고 그린 거냐! 왜 거짓으로 그린 거야!"

장군은 사실과 다르게 그린 화가에게도 칼을 휘둘렀습니다.

얼마 후, 장군의 입가에 미소가 번졌습니다.

무명 화가가 그린 초상화를 보고 만족했기 때문입니다.

"아주 멋지군. 훌륭해."

무명 화가는 과연 초상화를 어떻게 그렸던 걸까요?

"장군님, 다 됐습니다. 보십시오."

"그런데 왜 옆모습인가?"

"저는 눈이 성한 옆모습을 그렸습니다."

살다 보면 뜻하지 않은 문제에 부딪치곤 합니다.

문제 자체가 일어나지 않는다면 좋겠지만 그럴 리 만무하죠.

문제는 끊임없이 일어나게 돼 있습니다.

어떻게 문제를 해결해 나가느냐가 중요한 거죠.

문제 해결을 하기 위해선 지혜가 필요합니다.

지혜는 어디서 구해야 할까요?

지혜는 지식 반, 경험 반으로 구성되어 있습니다.

책을 많이 보고 다양한 경험을 축적해 둬야 합니다.

지식과 경험은 수많은 문제 앞에서 보다 더 유연한 태도를 갖게 해줄 겁니다.

그리고 한 가지 더, 곤란한 문제를 해결하는 방법은 그 문제 안에 답이 있다는 사실을 알아야 합니다. 그걸 기억한다면 문제는 의외로 잘 풀릴 수 있습니다.

오늘 밤 책 한 권 읽는 건 어떨까요?

내일은 낯선 장소에서 새로운 사람을 만나고요.

그리고 모레는 문제 앞에서 뒷걸음치지 말고 당당히 맞서보는 겁니다.

그러면 인생이 좀 가볍고 쉬워질 겁니다.

지금은 큰 원을 돌고 있어요

언젠가 많은 것을 말해야 할 이는

많은 것을 가슴속에 말없이 쌓는다.

언젠가 번개에 불을 켜야 할 이는

오랫동안 구름으로 살아야 한다.

- 니체

한 세일즈맨이 있었습니다.

열심히 일했지만 수입은 적었고 일상은 점점 고달팠습니다.

앞으로의 인생도 늘 이런 식일까?

마음이 답답하고 살고자 하는 의욕도 떨어졌습니다.

그러던 어느 날, 우연히 들른 한 고객의 사무실에서 한 폭의 그림을 보게 되었습니다.

모래사장 위에 낡은 나룻배가 덩그러니 놓여 있는 그림이었습니다. 별로 멋있지도 않은 그림이라 생각했는데 그림 밑에 적혀 있는 문구를 보고 그는 두 눈이 번쩍 뜨였습니다. 거기엔 이렇게 적혀 있었습니다.

반드시 밀물 때가 온다.

그는 그 자리에서 외쳤습니다.

"그래, 아직 내 인생에 밀물은 오지 않았어! 지금은 외롭고 힘들지만 분명 멋진 날이 올 거야!"

그는 언젠가는 밀물이 들어올 거라 믿고 힘든 일을 견디며 최선을 다해 살았습니다. 그랬더니 정말이지 그의 인생에 밀물이 찾아왔습니다. 그 넓은 바다로 항해를 할 수 있었던 겁니다. 그가 바로 강철왕으로 이름난 대부호 앤드루 카네기입니다.

씨앗을 뿌렸다고 내일 당장 열매를 딸 순 없습니다.
어느 정도의 기다림이 필요합니다.
그런데 그 기다림의 시간이 변수가 있을 수 있습니다.
날씨나 지질 상태에 따라 기다림이 길어질 수도 있습니다.
어느 해는 아예 열매가 열리지 않을 수도 있습니다.
그렇다고 억울해하거나 조급해하지 말아야 합니다.
그 씨앗이 발이 달려 어디로 도망갔다면 모를까,
그렇지 않았다면 분명 그 자리에서 싹을 틔울 것이고

가지를 뻗을 것이며 달콤한 열매를 만들어낼 것입니다.

지금 당신이 세상을 향해 던진 노력과 시간과 열정은 허공 속으로 사라진 게 아닙니다.

조금은 큰 원을 그리며 돌고 있는 중일 겁니다.

언젠가는 더 큰 결과물을 갖고 부메랑처럼 되돌아올 겁니다.

옳은 선택을 했다면 분명 기적과도 같은 기회가 가슴에 안길 거라 확신합니다.

보다 더 넓은 마음으로
감싸주세요

용서하지 않는 사람은

자기가 지나가야 할 다리를

파괴하는 사람이다.

- 조지 허버트

사막 한가운데 우물이 있습니다.

그 우물 주인은 마음씨가 참 좋습니다.

그래서 마을 사람들에게 물을 공짜로 제공했습니다.

어느 날, 주인은 아들과 함께 먼 길을 떠났습니다.

그래서 우물은 하인이 관리를 했습니다.

하인은 마을 사람들에게 주인이 했던 것처럼

물을 공짜로 나눠줬습니다.

그런데 얼마 지나지 않아 감사의 표시를

하는 사람에게만 물을 나눠줬습니다.

급기야 싫은 사람, 미운 사람에게는 물을 주지 않았습니다.

물을 구하지 못한 마을 사람들은 하인에게 고개를 숙이고

하인의 눈 밖에 나지 않으려고 안간힘을 썼습니다.

그러던 어느 날, 주인의 아들이 나타났습니다.

아들이 우물을 관리했고

마을 사람들은 다시 공짜로 물을 얻어갈 수 있었습니다.

그동안 하인 때문에 물을 얻어먹지 못한 사람들은

아들에게 말했습니다.

"저 나쁜 하인에게 물 한 방울도 주지 마세요."

그러자 아들은 고개를 내저으며 말했습니다.

"아버지였다면 어떻게 했을까요?

마을 사람들에게 공짜로 물을 주듯

하인에게도 물을 주라고 했을 겁니다."

이 이야기는 맥스 루케이도의 동화『토비아스의 우물』을 다듬은 겁니다.

이 동화는 우리들에게 누구든 관계없이 아낌없이 나눠주고 넓게 끌어안아야 한다고 가르칩니다.

그런데 우리가 마주 대하는 현실은 어떤가요?

정말로 동화처럼 사랑과 용서로 사람을 대하고 있나요?

그러고 싶어도 꼭 눈에 거슬리는 사람이 있습니다.

꼴 보기도 싫은 사람이 있습니다.

생각만 해도 고개가 절레절레 흔들리는 사람이 있습니다.

웬만하면 두 번 다시 마주치고 싶지 않은 사람이 있습니다.

하는 일마다 다 안 됐으면 하는 사람이 있습니다.

행동과 말은 전부 다 거짓과 위선으로 느껴지는 사람이 있습니다.

하나에서 열까지 그가 관련된 일이라면

주저 없이 손을 떼고 싶습니다.

미워하는 것만으로도 부족하고 벌을 줘도 울분이 사라지지

않는 사람이 있습니다.

다른 것은 다 해도 용서라는 단어만큼은

통하지 않는 사람이 있습니다.

이 사람을 어떻게 해야 할까요?

혹시 당신도 이런 사람을 맘에 품고 살고 있나요?

독을 품고 있으면 내 몸과 마음도 썩습니다.

미운 감정, 싫은 감정의 활시위를 당기면

그 화살은 돌고 돌아 결국 내 가슴에 꽂히고 맙니다.

힘들겠지만, 도저히 안 되겠지만 해야 합니다.

지우십시오. 지우개로 미움을 지우십시오.

새기십시오. 연필로 용서를 새기십시오.

미움을 버리고 용서를 베푸는 것,

어쩌면 그건 그 사람을 위한 일이 아니라

나를 위한 일인지 모릅니다.

내가 나를 더 사랑하는 가장 현명한 방법인지도 모릅니다.

녹지 않아야 해

글이란 게 생각의 구성임이 확실하다.

생각이 배제된 채 단순히 손끝으로 시작한 글은 그리 오래가지 못한다. 조금 지속한다고 해도 주제가 불분명하고 또한 스스로도 한계의 벽에 부딪친다.

글쓰기에 있어 중요한 건

누누이 말하지만 생각의 구성이다.

생각을 끊임없이 해야 한다. 더 이상 지쳐 생각할 수 없을 때까지 생각을 놓쳐서는 안 된다. 이 생각, 저 생각, 말도 안 되는 생각, 심해 같은 생각, 우주를 떠도는 생각… 온갖 생각을 다 해야 한다. 그리고 그 생각의 나열이 질서를 찾아갈 수 있도록 조합하고 깨부수고 다독이고 도식화해야 한다.

그 생각의 얼개가 얼추 그림이 되었다고 생각될 때 비로소 펜을 들어도 된다. 그러면 글은 저절로 춤을 출 것이다.

"이 작품 쓰는 데 얼마나 걸렸어요?"
"그리 오래 걸리지 않았어요. 한 7일…."
"대단하시네요. 놀라워요."

7일 안에 뭐든 다 쓸 수 있다. 소설도 시나리오도 희곡도 그리고 그 어떤 글도. 하지만 그건 정말로 쓰는 시간만을 말했을 뿐 생각의 시간을 포함하지 않은 것이다. 생각을 하고 구성하는 시간까지 포함해야 한다면 아마도 수백 개의 별이 뜨고 지고, 뜨거운 태양이 달빛으로 수백 번 옷을 갈아입었을 그 시간들, 그 이상이 소요되었을 것이다.

결론은,

글은 곧 생각이다.

생각하지 않고 글을 쓴다는 것은, 생각이 넘치지 않은 상태에서 글을 쓴다는 것은,

순간적인 감성과 감각만 믿고 교만의 글을 쓰겠다는 것이다.
글을 못 쓰는 이유는

생각하는 걸 싫어하기 때문이다.

생각하라.

사색하라.

구성하라.

그리고 글을 써라.

오늘도 나는 글 한 줄 쓰지 못했다. 생각만 하다가 또 하루가 지나갔다. 뜨거운 이 날씨에 담아놓았던 생각이 녹아내리지 않을까 심히 걱정이 된다.

하나, 방법이 있다. 지인이 선물로 주신 아이스크림 쿠폰을 사용할 때가 온 것이다.

서둘러 베스킨라빈스 숙대점으로 걸어가야겠다. 생각, 생각, 생각 하며 한 걸음 한 걸음. 아이스크림을 먹으며 생각이 녹지 않게 꼭 붙들고 있어야겠다.

어금니, 안녕

모래 위에 인생을 지은 걸까.

오늘도 어금니 하나 뽑았다.

버티던 우울의 선이 무너진 듯 한숨이 무릎 밑까지 스며든다.

통증은 통증대로 고통스럽고, 이 지경까지 만든 내 자신이 한없이 한심스러워 스스로 왕꿀밤을 때린다.

하지만 눈물을 멈출 타이밍, 빈자리엔 다시 또 무언가가 차곡차곡 채워지리라.

믿는다.

인생도, 꿈도, 시간도.

그러지 않았던가.

가장 바닥이라고 느껴질 때 어김없이 바람이 불어왔고 그 바람이 또 살게 했다.

지금 당신은 가장 밑에 있나요?

지금 당신은 한없이 우울한가요?

어차피 되돌릴 수 없는 것들, 그것들은 이 빗물에 흘려보내고…

다시 시작합니다.

어금니여, 안녕.

그동안 질긴 인생, 딱딱한 고독, 고집스러운 시간을 씹느라 참 고생 많았다.

다음 생엔 널 끝까지 지켜줄게.

미안해.

너는 내 곁에 붙어 있어서 소홀히 대했어.

잘 가라.

나의 한 조각.

바지 포기

아이에게서 톡이 왔다.

비가 너무 많이 와서 바지를 포기했어요.

내가 톡을 보냈다.

그래, 잘했다. 때론 포기도 필요해. 마음이 편해지거든.

아이에게서 톡이 다시 왔다.

???

포기하지 마라, 그렇게 보내려다가 나도 모르게 포기를 권장
했다. 따지고 보면 포기가 그리 나쁜 것만은 아니다. 고지에 있
던 사람들은 내려오는 것이 두렵고 자존심 상한다. 하지만 지금
의 내 처지를 인정하고 순순히 받아들인다면, 그 고지를 포기한
다면 아이러니하게도 마음이 더 풍요로워진다.

인생은 끊임없이 오르는 달리기가 아니라 내려가는 법을 깨
닫는 경보인지도 모른다. 한때 나도 고지를 점령하고 아주 폼 나
게 깃발을 꽂은 적이 있다. 물론 지금은 한없이 내려와 있지만.
그래도 크게 낙담하지 않고 잘 내려온 듯하다. 내려놓으니 절망

끝자락에 희미하게나마 마음의 평화를 얻었고 또 내일을 기약할 힘이 생겼다.

비가 오니 바지를 포기한다는 아이의 톡. 다시 생각해 보니 너무나 철학적이다. 이 아이, 인생을 아는 걸까. 그래, 포기하자. 그리고 다시 천천히 비를 맞으며 걸어가자. 걷다 보면 비가 멈출 것이고 걷다 보면 다시 또 어느새 높은 곳에 서 있겠지. 아니면 아닌 대로.

그 무엇이건 간에

욕구가 채워진다면야 무슨 일(별로 좋지 않은 일이나 귀찮은 일)이 발생해도 기꺼이 해낼 마음이 생긴다. 물론 기쁜 마음은 아니겠지만 적어도 짜증 없이는 해낼 수 있을 것만 같다.

하나, 욕구가 채워지지 않는 상태라면 얘기가 달라진다. 무슨 일이 발생하면 일단 한숨부터 나온다. 이어 곧 얼굴이 구겨진다. 짜증 게이지가 급상승한다. 설령 좋은 일이 발생한다고 해도 그리 기쁘지 않다. 여느 때 같으면 기쁜 마음이 풍선처럼 부풀어 오르겠지만 욕구가 채워지지 않은 상태라면 그 기쁜 마음도 곧 사라진다.

문제는 욕구다.

욕구를 채웠느냐 못 채웠느냐에 따라 나를 기쁘게 만들기도 하고 우울하게 만들기도 한다. 물론 매번 욕구를 다 채워가며 살 순 없다.
누군가는 이렇게 친절하게 설명하고 있다.

"마음속으로 어떤 기간을 정해놓고 자신의 인내력을 시험해 보자. 처음에는 5분 정도에서 시작하여 차츰 인내력을 키워나가 는 것이 좋다. 자신에게 '좋아, 5분 동안 그 어떤 것에도 짜증 내 지 않을 거야. 무슨 일이 일어나도 참아내겠어' 하고 말하는 것으 로 시작해 보라."

물론 참고 견디는 것도 좋다. 참는 자에게 복이 온다고 했으 니까.
그렇다고 참고 견딘다고 해서, 그 순간을 잘 넘긴다고 해서 그

욕구가 해결되는 건 아니다. 욕구가 사라지는 건 아니다. 욕구가 채워지지 않는 삶은 인생의 질이 낮아지고 짜증을 연장할 뿐이다. 채우지 못한 욕구는 불만과 불평을 만들어내고 이어 일상을 조금씩 갉아먹고 일탈을 야기하다 결국 인생을 망가뜨린다.

욕구는 반드시 채워야 한다.

꿈이건 성공이건 일이건 또는 다른 그 무엇이건 간에 욕구는 반드시 채워야만 한다. 그래야 다음 일을 진행할 수 있다. 그런가 안 그런가? 나만 그런 건가?

겉과 속, 그 경계에 서서

이기고 싶을 거야. 반드시 우뚝 서고 싶을 거야.

다 알고 있어. 이번에는 정말로 독하게 맘먹었다는 것을.

어떻게 알았느냐고? 삼척동자도 다 알겠다. 거울 좀 봐.

후기 인상파도 아니고 왜 그렇게 인상을 쓰고 있니?

어깨는 또 어떻고. 뽕을 넣은 것처럼 잔뜩 힘이 들어가 있잖
아.

이까지 악물 것까지야. 그러다 이 부러질라.

주먹은 왜 그렇게 꽉 쥐고 있니? 그 안에 돈이라도 들었니? 그

러다 한 대 치겠다.

눈빛 좀 봐. 살벌해서 누가 접근이라도 하겠니?

그래, 알아.

이번만큼은 반드시 이기겠다는 강한 의지의 표현이라는 걸. 그렇지만 좀 지나친 것 같아. 물론 의지를 보이는 게 백 번이고 천 번이고 낫지. 그렇지만 너무나 승리에 혈안이 되어 있는 그런 표정은 좀 그래. 사람들은 지나치게 승부욕을 가진 사람을 그다지 반기지 않거든. 집착증 내지는 욕심으로 가득한 사람으로 보는 경향이 있어.

조금만 힘을 빼.
부드러워지란 말이야.

그게 힘들다는 거 다 알아. 너는 솔직한 성격이니까. 마음속 감정이 그대로 얼굴로 표현이 되니까. 그렇지만 이 세상을 살아가려면 때론 아닌 척, 괜찮은 척, 태연한 척, 초월한 척 너 자신을

숨길 줄도 알아야 해.

승부에 별 관심 없는 척하지만 늘 승리하는 사람처럼 말이야. 힘들다 힘들다 죽는소리하면서 뒤꽁무니로 실속을 차리는 사람처럼 말이야. 속은 심해처럼 검지만 겉은 성인군자처럼 행동하는 사람처럼 말이야.

이번은 이기고 싶어도, 우뚝 서고 싶어도 그러지 않는 척을 해. 그래야 상대가 방심을 하거든. 너에 대한 경계심을 풀거든. 그때 뒤통수를 치는 거야. 그리고 승리한 후에 난처한 표정을 지으며 이렇게 말하면 돼. 천사의 미소를 지으며 말이야.

"난 이럴 맘이 없었는데 어떡하죠?"

알겠지? 알아들었지?

하지만 어쩌지?

너 말고 다른 사람들도 이제 다 알아버렸네. 이거 참!

따뜻해질 때까지

여전히 바람 끝이 맵다. 겨울이 아직까지 봄에게 자리를 양보
하지 않는다. 끝끝내 고집을 피운다. 그 고약함이 4월에 눈까지
몰고 왔다. 떠나야 할 때를 알고 떠나는 자의 뒷모습은 아름답다
고 하지 않았는가. 하지만 난 악착같은 이 겨울의 발악이 싫지만
은 않다. 4월 이맘때면 벚꽃 축제가 한창이고 그곳을 오가는 연
인들이 한창일 텐데 지금은 한산하다. 연인들도 한산하다. 봄볕
이 따사롭지만 여전히 내 가슴은 차갑다. 그래서 이 끈질긴 겨울
이 좋다. 내 마음 같아서. 나처럼 차가운 것 같아서.

커피를 한 잔 내린다.

가슴에 봄이 왔다. 하지만 쓰다.

봄이여, 조금 더 천천히 오시라.

이 쓰린 속이 아물고 다시 따뜻해질 때까지.

기대와 우려

반반일 경우는 참 고민스럽다.

해야 하나, 말아야 하나.

단 1%라도 어느 한쪽에 더 기울었다면 그쪽을 선택하겠지만

딱 반반일 때는 참 곤혹스럽다.

해보면 잘될 것 같기도 하고 까딱 잘못했다가는 큰 낭패를 볼

수도 있고, 이러지도 못하고 저러지도 못하고. 동전을 던져서 앞

뒷면으로 결정한다는 것도 좀 방정맞고 그렇다고 누군가에게 조

언을 구한다 한들 그들 역시 의견이 반반으로 나뉠 게 뻔하고.

짬뽕이냐 짜장면이냐의 문제라면 짬짜면으로 타협을 보지만 이건 하나를 선택하면 다른 하나를 포기해야 하는 상황이기에 참 난감하다.

저울 위에 두 개를 올려놓는다.

하나는 기대

그리고 다른 한쪽은 우려.

기대와 우려가 팽팽히 맞선다.

저울은 놀라울 정도로 균형을 잘 잡고 있다.

이럴 때는 직감을 믿을 수밖에.

결단의 순간이다.

그래, 하는 거다. 한번 해보는 거다.

해도 후회 안 해도 후회라면 해보고 후회하는 게 낫지.

미장원 문을 밀치고 들어간다.

파마를 해달라고 말한다.

더 이상 돌이킬 수 없다. 직감을 믿을 수밖에.

한참 후에 거울 앞에 선다.

저울 위에서 팽팽한 균형을 유지해 왔던 기대와 우려가

마침내 한쪽으로 기울기 시작한다.

기대는 빗나가고 우려는 적중했다.

에이, 해보고 후회하는 게 낫다고?

아니다. 후회는 역시나 아프고 쓰리다.

살다 보니 차라리 안 했으면 하는 게 훨씬 더 많더라.

적차생존;
적는 자만이 살아남는다

메모장 하나 있었으면 좋겠다 생각했다.

머릿속에서 빠져나가는 수많은 생각들, 얼마나 아까운가. 그
것들을 잡아두면 언젠가는 유용하게 써먹지 않을까 계산을 해
본다.

손바닥만 한 메모장을 샀다.

메모장에 비해 볼펜이 너무 길었다. 대충 쓸까 하다가도 첫 출

발인데 제대로 갖추고 싶었다. 메모장 스프링에 딱 맞는 앙증맞은 볼펜을 구하러 다른 곳으로 향했다. 없다. 다시 또 다른 곳으로 향했다. 역시 없다. 그 후로 몇 군데를 더 갔지만 여전히 없다. 그 상품이 아예 출시되지 않는다면 포기할 테지만 나오긴 나온단다. 다른 곳에 한번 가보란다. 다른 곳으로 또 향했다. 반나절남짓 발바닥에 땀이 나도록 걸었고 마침내 손에 쥘 수 있었다. 메모장에 딱 맞는 몽당볼펜.

내 주머니 속 메모장과 몽당볼펜.
마음이 든든하고 부자가 된 듯하다.

이 세상 떠돌아다니는 모든 생각과 사색이 다 내 소유가 된 듯하다. 그리고 몽당볼펜을 볼 때마다 흐뭇하고 내 자신이 참 대견하다고 느껴진다. 한 가지의 목적을 위해 그렇게 집중할 수 있었던 게 얼마 만인가. 그것도 반나절 동안이나.

이래저래 좋은 기운을 준 메모장과 몽당볼펜.
뭔가 예사롭지 않다. 분명 내 인생이 바뀔 것 같다는 기분,

첫 장에 이렇게 적어본다.

'적자생존. 적는 자만이 살아남는다.'

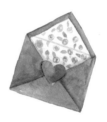

제발 구해줘

오늘도 머리를 감지 않았다.

나갈 일도 없는데 굳이 뭐 하러.

나갈 일 생기면 그때 감지 뭐.

길어야 이틀, 넉넉히 잡아도 삼일째면

머리를 감을 줄 알았다.

그런데 일주일째 나갈 일이 생기기 않았다.

머리카락은 비 맞은 것처럼 축축하고

머리를 긁을 때마다 손톱 밑엔 꽃가루가 끼었다.

감히 나를 안 불러줘?

괜히 심통이 나서

전화기를 휙 던졌다가 다시 들여다본다.

제발 구해줘.

벨만 울리면 옳다구나!

용수철처럼 튕겨져 나갈 텐데.

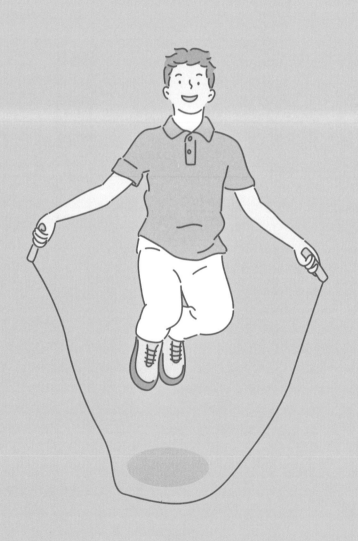

3장

별일 없음의
고마움

비논리자의 변명

상대를 내 편으로 만들기 위해 흔히들 설득을 앞세운다. 상대를 설득하기 위해선 일단 논리가 필요하다. 완벽한 논리라면 더욱 힘이 생긴다. 그러나 완벽한 논리로 상대를 백기 투항하게 만들었다고 해서 상대가 당신의 편이 되었다고 단정하면 안 된다. 상대는 단지 논리의 촉촉한 그물에 잡혀 빠져나가지 못한 것뿐이지 당신의 마음 안에 갇힌 건 아니다. 어쩌면 되레 당신과 더 멀어졌을지도 모른다. 논리는 사람을 끌어당기기도 하지만 반대로 사람을 밀쳐내기도 한다. 지나치게 논리적인 사람은 왠지 인간

미가 없을 것 같다는 느낌이 든다. 그 느낌이 편견일 확률이 높겠지만 여하튼 그 느낌을 풍긴다는 것, 그 자체만으로 사람을 편히 얻기에는 불리한 구석이 있다.

사람을 얻기 위해선 비논리가 더 효과적일 수 있다.

비상식적이고 낯설고 어설픈 것, 그런 빈구석이 오히려 마음을 열게 하는 무기가 될 수도 있다. 사람들은 스스로를 완벽하다고 생각하기 때문에 비논리적인 사람들에게 호감을 느끼고 마음의 빗장을 쉽게 푼다. 그렇게 생각하지 않는가? 주위를 보라. 지나치게 논리적인 사람보다 약간은 허술한 사람 곁에 언제나 사람들이 많다.

이런 생각을 펴며 난 내 스스로를 위로한다.
어눌한 말투며, 엉뚱한 생각이며, 비논리적이며…
나를 위로한다. 이 글도 그대로 둔다. 고치지 않고 그냥 그대로.

주제 있는 삶

일기를 쓸 때 주제가 없으면 그 내용은 뻔해.

몇 시에 일어나고 몇 시에 밥을 먹고 몇 시에 TV를 보고 몇 시에 자고. 주제를 잡지 않고 쓴다면 그건 시간의 흐름을 나열하는 거에 불과해. 이건 일기라 할 수 없어. 쓰기 싫은데 억지로 쓴 티가 팍팍 나잖아. 이건 정말로 의미 없는 의무방어일 뿐이야.

중요한 건 사건이야.

하루 동안 지내면서 가장 핵심적인 사건을 잡도록 해. 그리고 그걸 써. 그 핵심적인 사건, 그게 바로 주제라는 거지. 일기는 주제 쓰기이지 하루 일정을 보여주는 보고서가 아니야. 너 오늘 뭐 했니? 뭐 별일 없었다고? 그렇지 않아. 잘 생각해 봐. 도저히 생각 나지 않으면 생각나지 않는 걸 주제로 삼아도 돼.

나는 왜 이렇게 생각이 나지 않는 걸까? 자꾸 주제가 될 만한 사건을 생각해 보라고 하는데 정말이지 아무 일도 없었는데. 정 말로 일기 쓰기는 재미없고 지루하고 짜증 난다. 이렇게라도 쓰 란 말이야. 너의 생각과 너의 철학과 너의 고민이 들어가 있잖아. 이렇게 써야 정말로 너만의 일기가 되는 거야. 알겠지?

이렇게 나는 한 아이에게 말했다.

그리고 그날 오후, 나는 글을 쓰기 위해 노트북을 열었다.

뭘 써야 할까 도무지 생각나지 않았다. 한 시간째 인터넷 서 핑을 하며 시간만 보내고 있다. 오늘 내게 있어 핵심적인 사건은 뭘까? 오늘의 주제는 뭘까? 참 어렵다. 글을 쓴다는 것, 아니 주 제 있게 산다는 것이.

내일은 아이에게 미안하다고 해야겠다.

어쩌면 몇 시에 일어나 몇 시에 밥 먹고 몇 시에 잠을 자는 것, 그게 인생의 핵심 사건이며 주제가 아닐까 생각해 본다. 아이가 맞았는지도 모른다. 글 앞에서는 늘 혼란스럽다. 아, 오늘의 일과는 이쯤 마쳐야겠다.

내가 나에게

너에게 건넸던 격려는 사실은 내가 나한테 한 거였어.

너에게 건넸던 위로는 사실은 내가 나한테 한 거였어.

너에게 건넸던 비난은 사실은 내가 나한테 한 거였어.

너에게 건넸던 충고는 사실은 내가 나한테 한 거였어.

내가 나한테 하는 게

익숙지 않아서,

용기가 없어서,

자존심이 상해서

잠시 널 빌렸을 뿐이야.

사실은 그런 거였어.

나도 제대로 살고 싶어.

장바구니 압박

정면승부를 펼치는 것만이 좋은 건 아니다.

좀 비겁하긴 하지만 측면이나 후방에서 공격하는 게 훨씬 더 유리하고 또한 피해도 적다.

내가 밖에 있는 동안, Y가 안에서 종일 인터넷 쇼핑몰을 들락 날락거렸나 보다.

내가 안으로 들어가니까 Y는 아무 말도 없이 조용히 대문 밖 으로 나갔다.

'도대체 왜 그래? 알은척도 안 하고?'

고개를 갸웃거리는 사이, 바로 내게 문자가 왔다.

Y가 보낸 문자다.

'장바구니에 넣어놨으니 결재해 주길 바람.'

문자를 읽는 순간, '뭐야'라는 소리가 절로 나왔다.

어디 한번 보자. 도대체 뭘 담아둔 거야. 장바구니를 열어보니 개나리 닮은 화사한 옷 두 벌이 얌전하게 자리를 차지하고 있었다.

본능적으로 나의 시선은 결재 금액으로 쏠렸다. 아, 이런. 입안에 갑자기 침이 저수지처럼 고인다. 넘치는 침을 주체하지 못해 꿀꺽 넘겼다. 그리 비싼 건 아니지만….

고민이다. 고민이다. 답답하다. 답답하다. 화도 난다. 화도 난다. 결재를 해주자니 속이 쓰리고 안 해주자니 옹졸해 보이고.

앞에 있다면 무슨 말이라도 하겠는데 그럴 줄 알고 이미 피해버렸고, 오, 왜 이런 어려운 숙제를 남기고 가셨나이까.

휴. 결국 마우스를 잡고 클릭질을 해댔다. 결단을 내리니 고민이 사라진다.

나는 Y에게 문자를 보낸다.

'집에 개나리 피었다. 그러니 어서 들어와라.'

오늘도 Y가 이겼다.

그냥 살아

10년 전 일을 기억하니? 분명 10년 전에 힘든 일이 있었을 거야. 그 힘든 일을 해결하기 위해 혹은 벗어나기 위해 방황도 하고 며칠 밤을 지새우기도 했겠지. 딱히 해결책이 없어서 '아, 죽어버릴까' 이런 생각도 했을지 몰라. 그런데 지금 너 어떠니? 어머나, 살아 있네.

그 당시에는 모든 것이 나를 옭아매고 짓누르고 벼랑으로 몰아세운다고 생각했을 거야. 하지만 어때? 지나고 나면 아무것도 아니었던 거였어.

10년 후에 오늘 일을 기억해 보면 아마도 아무런 기억도 나지 않을지 몰라. 지금이 너무 힘들어 모든 삶의 끈을 놓고 싶을지 모르겠지만 훗날, 생각해 보면 오늘도 그저 그런 일상의 한 조각에 불과할 뿐.

그냥 살아.

10년 후에 네가 뭐가 되어 있을지 아무도 모르잖아. 기대되지 않니? 살다 보면 다 살아지는 거야. 희한하게도 그래. 그러니 그냥 오늘을 살아.

부디, 그냥 걸어가자.
걷기 참 좋은 계절이잖아.

시작하기로 약속

그러니까 이제 잊어버려. 울지 마.

한 번 울었으면 됐어. 우는 순간, 이미 치유가 된 거야.

다음번에 또 울지 않기로 약속.

또 운다는 건 미련한 짓이고 미련이야.

지나간 건 버리고 지금을 그냥 받아들여.

택시를 탔으면 눈을 감고 잠자코 있어.

밀린다고 한숨 내쉬고 딸깍딸깍 돈이 올라간다고 열받지 마.

이미 알고 있었잖아. 밀린다는 것도 그리고 돈을 많이 지불해야 한다는 것도.

어차피 인생이 다 그래. 달리고 싶다고 달릴 수 있는 게 아니야. 그리고 행복을 얻기 위해서는 큰 고통을 지불해야 하는 거야.

네가 선택한 일이고 이미 다 끝난 일이야.

차라리 지하철로 올걸. 교통지옥이 싫어. 이런 생각은 하지 마.

내리자마자 뛸 거라면 엘리베이터가 빠른지 계단이 빠른지 어서 판단해. 늦은 이유에 대해 뭐라고 말할 것인지 생각해 둬. 화장은 번지지 않았는지 거울이나 한 번 더 봐.

그러니까 버려.

그렇다고 과거의 추억까진 버리지 마.

한 번 웃으면 돼. 웃는 순간, 이미 시작인 거야.

내일도 웃으면서 시작하기로 약속.

소심한 복수

지난봄 이맘때쯤 벚꽃이 피었는데 올봄엔 벚꽃 소식이 더디
다.

꽃샘추위가 며칠째 계속된다. 낼모레면 4월인데 영하라니.

빼앗긴 들에도 봄은 오는데 왜 오지 않는가.

이렇게 추운 날 아침은 돈도 뭐고 어쩔 수 없다.

택시를 탄다.

"어서 오세요. 많이 춥죠? 히터 좀 더 올릴까요?"

참으로 친절한 기사님이다. 월요일 시작, 참 기분 좋게 고고

씽!

그런데 인생이란 늘 변수가 있는 법.

앞차가 늑장을 부리자 기사님의 입이 거칠어지기 시작한다.

"이 XX. 저런 개XX."

앞차를 추월한 후에도 쌍욕은 계속된다.

견우직녀카페가 있는 한강대교를 건널 때까지도 혼잣말처럼 쌍욕을 구시렁댄다.

분명 혼잣말인데 마치 나한테 하는 것처럼 기분이 달갑지 않다.

월요일 시작, 영 잡쳤다.

도착지에 도착했고 만 원 지폐를 건넨다.

기사님은 친절한 목소리로 말을 건넨다.

"오시는 데 불편하지 않으셨어요?"

"아, 예."

놀라운 저 변검술 혹은 서비스 정신.

돈을 받고 내리려는 순간, 난 혼잣말처럼 중얼거린다.

"아, XX. 이놈의 날씨 왜 이렇게 추운 거야."

순간, 기사님이 힐끔 날 쳐다보았다. 그 언짢은 눈빛.

아니에요. 아니에요. 분명, 난 날씨한테 욕했을 뿐.

택시가 떠난 후, 난 등 뒤에서 손가락 V를 만들었다.

아빠와 아이

네가 말이 느릴 때
내가 보인다.

네가 나서지 못하고 주저할 때
내가 보인다.

네가 칠판 글씨가 안 보인다고 할 때
내가 보인다.

네가 치과 앞에서 울 때
내가 보인다.

네가 소매 끝에 콧물을 묻힐 때
내가 보인다.

네가 무서운 꿈을 꿨다며 달려들 때

내가 보인다.

네가 일기를 지어 쓸 때

내가 보인다.

네가 거기 서 있지만

내가 보인다.

지금은 아프지 않다

원인을 밝힐 수 없단다. 그런 진단을 받으면 그것처럼 곤란하고 답답한 건 없다. 꾀병을 부리는 것도 아니다. 통증이 느껴지니까 아프다고 하는데 의사는 검사 결과 기록지만 들여다보며 이렇게 말한다.

"그럴 리가 없는데요."

그럴 리가 없기는. 지금 그러고 있는데 뭐가 없는 거야.

결국 아픈 사람만 이상한 놈이 된다.

잠깐의 침묵, 의사는 이렇게 진단한다.

"스트레스 때문일 수 있으니 정신과 마음을 편안하게 하세요."

맞는 말이긴 하나 고개가 끄덕여지지 않는다.

집으로 오는 길, 생각해 본다.

원인을 알아서 뭘 하나? 아픈 것도 힘든데 그 원인을 찾으러 여기저기 돌아다니면 뭘 하나? 그러면 힘만 빠지지.

이렇게 생각하면 어떨까?

사랑엔 이유가 없지 않은가. 사랑하니까 사랑하는 거다.

아프니까 아픈 거다. 그래 그렇게 정리하자. 이러면 적어도 알아내지 못했다는 자괴감 내지 의사에 대한 불신은 사라지지 않을까. 스트레스를 조금이라도 줄일 수 있지 않을까.

그렇게 생각을 정리하고 낮잠을 잤다.

희한하게도 시도 때도 없이 괴롭혔던 통증이 순간, 잠잠해졌다. 정말 희한하게도.

강한 것에 대한
정리되지 않은 사색

난생처음 태국 음식을 먹었다.

이름은 모르겠지만 면발이 참 넙적했다. 간장 맛이 강했고 향
또한 강했다. 그런데 먹을 만했고, 아니 입맛에 맞았다. 이미 우
리는 강한 맛에 길들여져 있다. 고추를 고추장에 찍어 먹는 독한
민족이 아닌가.

우리는 강한 것만을 추구한다.

싱거우면 왠지 약한 것, 개성이 없는 것, 희미한 존재로 치부
해 버린다. 그런데 인생을 한번 보자. 매일이 강렬할 수만은 없

다. 어쩌면 싱겁고 심심하고 흐릿한 게 일상이다. 인생의 대부분은 그런 식으로 흘러간다. 강한 것을 찾고 강한 것을 요구하고 강한 것에 길들여져 있지만 정작 우리들의 삶은 소금기 없는 맹물이다.

이름 모를 음식 한 접시가 또 나왔다. 이번 음식 역시 강하다. 진한 향이 내 폐부에 스며든다. 강한 것을 먹으면 나도 강해질 거라는 착각 속에 난생처음 태국 음식을 먹는다.

입이 호강하는 순간이다.

비행기 타는 수고도 없이 태국 본토의 음식을 즐길 수 있다니, 나를 이곳에 인도한 사람도 고맙고 나를 위해 음식을 만들어준 머리 묶은 셰프도 참 고맙다.

음식 여행을 마치고 밖으로 나와 간판을 보니 그곳에 '알렉스 타이하우스'라고 적혀 있었다. 혹시, 이 가게 주인이 부드러운 목소리를 가진 그 가수, 알렉스일까 하는 즐거운 상상을 하며 신사동 사거리를 벗어났다.

살아온 힘

아이들이 하는 거짓말들은 다 표가 난다.
아무리 똑똑한 아이라도 부처님 손바닥이다.
어른이 된 내가 이미 다 경험한 것들이니까
그 속내를 다 들여다볼 수 있다.

그러고 보니 나도 수없이 거짓말을 했는데
우리 부모님도 다 알고 계셨겠구나.
알면서도 그냥 넘어가 주셨구나.

나이 많은 게 서럽기도 하지만
먼저 경험했다는 것,
그게 경쟁력이 되기도 한다.

글쓰기가 두려운
그대에게

너의 삶도 충분히 이야깃거리가 된다.

"에이, 말도 안 돼. 별 볼 일 없이 그저 그런 삶인데…."

별 볼 일 없고, 내세울 것 없는 삶이라 말하지만 그 삶을 들여
다보면 분명 이야깃거리가 있다. 돌덩이가 아닌 이상, 너는 오늘
움직였고 생각을 했으며 사소하지만 사건을 만들었다. 그게 다
이야깃거리다.

자신의 인생을 별 거 아니라고 생각할 필요 없다. 아주 하찮
은 일이라도 심지어 네가 재채기를 하거나 지나가다가 돌에 걸
려 넘어지는 일까지도 다 스토리가 된다.

너는 이 세상에 유일한 존재이고 유일한 삶이고 유일한 경험
이고 유일한 이야기이기 때문이다. 굳이 꾸밀 필요도 없다. 있는

그대로 보이면 된다. 주어진 삶에 충실하면 되고, 불쑥 찾아오는 불행 앞에서 조금만 더 의연하게 대처하면 된다. 그러면 그게 너만의 일생이 된다.

말도 안 된다고 혀를 차면서도 사람들이 아침 드라마에 빠져 있듯 너의 삶 역시 충분히 귀담아들을 만하다. 너의 삶도 충분히 흥미롭고 흥행적인 요소가 있다. 그 이야기 속에서 맘껏 소리치고 노래하고 울고 날뛰어라. 그 이야기 속에서만큼은 네가 주인 공이다.

자, 그럼.
이제 너의 인생을 써라.
너만의 글을 써라.

가속도와 행복의
상관관계

컴퓨터가 너무 느려 화딱지가 난다.

화딱지가 코딱지처럼 실체가 있는 건더기라면 떼어내 컴퓨터 모니터에 발라버리고 싶다. 아, 느려터진 이 컴퓨터. 볼 때마다 가슴에서 활화산이 솟는다.

이런 답답함을 누가 알까 했는데 놀랍게도 기적이 일어났다. 아는 선배가 노트북을 줬다. 중고였지만 그래도 기존 것보다는 훨씬 낫다.

CPU 성능이 높아지고 메모리가 많아졌다. 당연히 인터넷 속도가 빨라졌다. 손가락으로 자판을 두드리면 몇 초 안에 모니터에 모든 것이 떴다.

"아, 일할 맛이 나네."

며칠 후, 갑자기 코피가 났다. 첨 있는 일이다. 참 열심히 일했나 보다.

콧구멍을 휴지로 틀어막는데 문득 선배가 괘씸하다는 생각이 들었다. 성능 좋은 노트북 때문에 나는 예전보다 더 많은 일을 해야 했다. 예전엔 느리면 일도 느리게 했는데. 노트북 성능이 빨라지니 일상도 빨라졌다. 밥도 더 빨리 먹고 자판도 더 빨리 두드렸고 저장 용량이 많은 만큼 더 많은 생각을 저장해야 했다. 심지어 걸음도 빨라졌다.

빠른 것은 가속도가 붙어 쉽게 제어가 되지 않는다. 빠른 것에 익숙해지는 나. 오늘도 파김치가 되어 비로소 눈을 감았다.

두려움으로부터의
탈피

생텍쥐페리의 『어린왕자』에 다음과 같은 글귀가 나온다.

"너의 장미꽃을 그렇게 소중하게 만드는 건 그 꽃을 위해 네가
소비한 시간이야. 네가 오후 4시에 온다면 나는 3시부터 행복해
질 거야. 네가 올 시간이 가까울수록 나는 점점 더 행복해지겠지.
4시가 되면 흥분해서 들뜨고 설렐 거야. 그렇게 행복이 얼마나
값진 것인가 알게 되겠지. 그러나 네가 아무 때나 불쑥 나타나면
몇 시에 마음을 예쁘게 단장해야 하는지 알 수 없잖아."

152

이처럼 기다림에는 설렘이 있고 즐거움이 있고 기쁨이 있다. 기다림을 간직한 사람만큼 이 세상에 행복한 사람이 또 있을까. 하지만 그 기다림이 두려움과 결합한다면 얘기가 달라진다. 두려움을 품은 기다림은 끔찍하고 무섭고 걱정스럽고 죽을 맛이다.

혹여, 당신도 지금 두려움에 휩싸여 있는가.

실패하지 않을까 하는 두려움, 이 사람이 또 내게 상처 주지 않을까 하는 두려움, 돌다리를 건너다가 넘어지지 않을까 하는 두려움 등등.

누구나 다 두려움을 갖고 산다. 그렇다고 그 두려움으로 인해 일상을 망쳐서는 안 된다. 인생을 무너지게 해선 안 된다. 미리 아파하지 마라. 미리 눈물을 흘리지 마라.

두려움은 담배처럼 백해무익하다.

미리 두려워했다고 해서 내일 들이닥칠 일에 대해 해결책을 제시해 주진 못한다. 또한 어제의 슬픔을 위로하거나 잊히게 할 수도 없다. 다만 두려움이 할 수 있는 건 오늘 이 순간을 더더욱 초조하게 만들고 사람의 기분을 한없이 추락시키고 깊은 한숨을 더한다는 것뿐.

더 이상 두려움에 속지 마라.
더 이상 두려움에 인생을 저당 잡히지 마라.

참 쓰다

한 번에 성취하는 경우는 드물다.

실패와 좌절과 아픔의 고개를 수차례 넘고 넘어야 성취라는
산에 다다를 수 있다. 물론 성취했다고 해서 다 만족할 수는 없
다. 쏟아온 열정이나 고생했던 시간에 비해 성취의 질량이 턱없
이 부족할 수도 있다. 겨우 이까짓 거 때문에 이렇게 난리 블루스
를 쳤나 억울하기도 하고 힘이 빠질 수도 있다. 하지만 다행스러
운 건 아무것도 하지 않는 것보다는 낫다는 거다. 숱한 시행착오

로 인해 겪어야만 했던 그런 것들이 참으로 값지다는 거다. 설령

성취하지 못했다고 해도 서글프게 생각하지 마라.

하나는 확실히 건졌지 않은가.

인생이 참 쓰다는 사실을,

만만치 않다는 사실을.

변수

계약 직전.

아이의 울음소리가 휴대폰 밖으로 새어나왔다.

그는 작은 목소리로 '끊어. 미팅 중이야'라고 말한 후,

과감히 종료 버튼을 눌렀다.

"죄송합니다. 괜히 저 때문에 말이 끊겼죠? 어서 말씀하세요."

나는 말을 이어갔지만 자꾸 아이의 울음소리가 들리는 듯했
다.

나를 대접해 주고 존중해 주는 그의 태도가 맘에 들긴 했지만

극도로 예를 갖추니 되레 불편하기도 했다. 지나치게 비즈니스 적이라는 느낌이 들었다. 양해를 구하고 아이랑 통화를 했어도 됐는데, 그 정도도 이해 못 하는 내가 아닌데.

"아까 아이가 우는 것 같던데 전화 한번 해보세요."

"신경 쓰지 마세요. 죄송합니다."

양해를 구한 후, 나는 화장실을 갔다.

생각을 정리한 후, 나는 그의 앞에 다시 앉았다.

그날, 계약은 일단 보류했다.

천국을 잠깐 훔쳐볼 수 있다면

에세이나 소설 코너에 발길이 점점 뜸해지더니 이제 발길이 뚝 끊겼다. 서점에 들어서면 자기계발이나 재테크 코너로 곧장 간다. 왜 이런 변화가 온 걸까. 고된 일상이 촉촉한 감정을 앗아간 것도 한 이유일 테고 인생의 목표를 성공과 부에만 두는 탓도 있을 게다.

매대에는 읽기만 하면 금세 삶이 달라질 것 같고 바로 성공할 것 같은 자극적인 제목을 단 책들이 수북이 쌓여 있었다. 눈으로 한 권 한 권 책제목을 스캔한다. 눈에 들어온 오늘의 책. 마크 피

셔의『백만장자처럼 생각하라』다. 책표지에 적힌 '21세기 성공론의 대가 마크 피셔'란 문구가 구매를 자극했다.

목차를 살펴보니,

나도 할 수 있다는 믿음을 가져라. 머릿속에 성공을 구체적으로 그려보아라. 과거의 실수로부터 교훈을 얻어라. 열망을 목표로 삼고 그 목표를 가슴에 새겨라. 삶을 직접 만들어가는 건축가가 되어라. 너무 성급하게 포기하지 마라.

굳이 다 읽지 않아도 뻔한 내용이라는 걸 짐작하면서도 이 책을 읽지 않으면 왠지 뒤처질 거라는 불안감 때문에 결국 구매를 하고 만다.

마지막 페이지까지 읽은 자기계발서나 재테크 책이 몇 권이나 있을까. 책장에 책은 점점 쌓여가고 여전히 고민은 깊어가고 달라지고자 하지만 달라지는 건 없고 의욕은 앞서지만 준비는 덜 돼 있고 책에서 길을 찾고자 하지만 책 속에서 길을 잃고 밤의 기나긴 침묵의 시간 위에 마음마저 무거워지고. 스르르 언제 잠이 든지도 모르게 오늘도 쓰러지듯 잠이 든다.

꿈을 꾼다.

마음이 한없이 가벼워진다.

맑고 투명해진다.

내게 처음으로 시집을 준 소녀가 보인다. 천국을 잠깐 훔쳐볼
수 있는 행복한 시간이었다.

질문에 대한 답

언젠가 인생이 너에게 묻는 날이 있을 것이다.

그 뜨거웠던 청춘에 넌 얼마나 뜨겁게 살았는지.

4장

조금
이기적이어도
괜찮아

혼자든 둘이든

혼자라서 외로울 때가 있다.
둘이라서 그리울 때가 있다.

외로울 때는 눈물이 나고
그리울 때도 눈물이 난다.

혼자든 둘이든 눈물은 똑같다.

어차피 내가 홀로 서지 못하면
혼자든 둘이든 눈물은 똑같다.

덜 외롭고
덜 그립고
덜 흔들리려면

홀로 서야 한다.

홀로 선다고 눈물이 사라지는 건 아니다.

그저 덜 흘릴 뿐.

홀로 서면

진짜 내 인생을 살아볼 수 있다는 그 정도.

자유가 주는 속박

프리랜서의 길은 멀고도 험하다.

고정적으로 받던 돈이 끊기면 생활은 쪼들린다.

그 대신 자유가 주어진다.

그 자유라는 게 며칠 혹은 한두 달은 참으로 달달하고 여유

롭다.

그러나 자유가 길어지면 슬슬 느슨해지고 불안해진다.

말이 프리랜서지 반백수나 다름없다.

적은 돈이라도 고정적으로 받는 게 낫다는

어른들의 말씀이 옳다는 걸 이제 좀 느낀다.

돈도 돈이지만 기약할 수 없는 미래, 미래까지 말하는 건

너무 현실감이 좀 떨어지고, 당장 다음 달이 문제다.

뭔가 보장이 된 상태에서 느끼는 자유와

눈앞을 알 수 없는 오늘에서 느끼는 자유는 확연히 다르다.

속박으로부터 벗어나 그렇게 간절히 원했던 자유를 쟁취했
건만

그 자유로부터 다시 속박당한 이 기분은 뭘까.

어쩌면 프리랜서는 돈과의 싸움이 아니라

불안정한 것에 대한 견딤과의 싸움인지도 모르겠다.

불안정도 견디다 보면 그게 안정으로 착각될 때가 있다.

그러다 정말이지 바보가 된다.

바보로 살면서도 꿋꿋하게 지내는 사람은

진정한 프리랜서라 말할 수 있다.

그나저나 우리에게 있어 그 견딤의 시간은

과연 얼마나 남아 있을까.

남아 있는 동안 자유 아닌 자유를 만끽할 수밖에.

멍청해지자

피한다고 해서 뭐가 달라지겠니?

도망친다고 해서 마음이 편안하니? 피하고 도망치는 건 잠깐 모면하는 것뿐 문제가 해결되는 건 아니야.

그건 너를 향해 돌진하는 기차 바퀴 아래에 작은 돌멩이를 놓아둔 것에 지나지 않아. 결국 올 것은 반드시 오고 말아.

발가벗겨진 것마냥 창피하기도 하고 두렵기도 하겠지. 하지만 어쩌겠니. 시도하지 않으면 아무것도 얻을 수 없어. 물론 네가 좀 더 불리한 조건일 수도 있어. 하지만 일단 저질러 봐. 단념할 수 있는 인생이 무슨 인생이냐? 멍청해지면 돼. 오늘 하고 내일도 하고 모레도 하는 거야. 굳이 이해하려 하거나 잘할 수 있을까 고민하지 마. 구구단 외우듯 그렇게 받아들이는 거야. 연습이 습관이 되고 그 습관이 몸에 뺄 때까지 하는 거야. 그러다 보면 감이 올 거야. 아, 이거구나. 자신감도 생길 거야. 아, 된다.

인생이 그래.

하다 보면 되는 거고 살다 보면 살아지는 거야.

별거 없어. 될 때까지 멍청하게 하면 되는 거야.

지금의 나,
안녕한가요

내비게이션에 주소지를 입력하고 길 위를 달린다.

그때나 지금이나 오직 이 한 곡, 이글스의 〈호텔 캘리포니아〉
를 듣는다. 차 안에서 듣기에 이 노래만큼 유쾌하고 흥겨운 노래
가 또 있을까.

햇살에 잘 구워진 바람이 그리운 날이다. 차창을 손가락 마디
만큼 조금 내린다. 순간, 눈이 따갑고 목이 막힌다. 앞차가 뿜어
낸 매연이 차창 틈 사이로 그대로 흡입되었다.

한참을 달려도 여기는 숨 막히는 도시.

그립다.

어릴 적, 나무의자에 누워서 바라본 하늘 옆 미루나무, 그 미루나무의 이파리를 간질럼 태우던 그 바람. 그립다는 건 손에 닿지 않는다는 말, 그립다는 건 퇴색해 버린 낙엽처럼 추억이 되었다는 말, 그립다는 건 여전히 내 것이 아니라는 말, 그리움을 품는 것만으로 만족해야 하는 불쌍한 자화상.

그래, 가자.

무작정 연애를 시작하고 싶은 충동처럼 그때의 그 바람을 찾아 핸들을 꺾는다. 이번이 아니면 두 번 다시 갈 수 없는 일탈. 줄기차게 정해진 길만을 달려왔던 것에 대한 반항 내지 보상.

120킬로미터 아니 그 이상의, 측량할 수 없을 정도의 광막한 일탈의 속도로 달린다. 길대로 따라가면 도저히 만날 수 없는 곳, 정해지지 않은 길을 무작정 달린다.

달리면 달릴수록 내비게이션은 내게 정해진 길을 가라고 계속해서 충고한다. 정해진 인생대로 살라고 강요한다.

쳇, 이제껏 하라는 대로 했으면 됐지!

안 그래?

걱정은 넘자. 일상은 버리자.

오롯이 이 순간만큼은 나만을 위해 달리자.

잠을 자거나
혹은 바쁘거나

눈을 감기 전에도 기도하고

눈을 뜨자마자 기도하고

지하철에서도 기도하고

가는 사람들 붙잡고 기도하고

원할 때 기도하고

바랄 때 기도하고

아플 때 기도하고

시험 볼 때 기도하고

사업할 때 기도하고

슬플 때 기도하고

어제도 기도하고

오늘도 기도하고

내일도 기도한다.

그러나 아무런 대답이 없다.

세상은 점점 아름다움을 잃어가는데 말이다.

시집을 읽으며

화장실에 앉아서 황동규의 시집을 읽는다.

내 그대를 사랑함은 항상 그대가 앉아 있는 배경에서
해가 지고 바람이 부는 일처럼 사소한 일일 것이나
언젠가 그대가 한없이 괴로움 속을 헤맬 때에
오랫동안 전해오던 그 사소함으로 그대를 불러보리라.

예전만 해도 꽤나 대접받았던 시들인데, 가슴과 가슴 사이에
감성이 흐르는 시절인데 이제는 시를 읽는 이도 시를 쓰는 이도

별로 보이지 않는다. 그 많았던 문학소녀들은 다 어디로 갔을까. 다 시집간 걸까. 아니면 삶이 그대로 시가 되어 굳이 시를 읽을 필요가 없어져 버린 걸까.

다시 돌아가고 싶다. 그때가 아니라도 그 마음만이라도.

누워서 떡 먹기

내가 W에게 물었지. 글을 잘 쓰려면 어떻게 해야 하냐고. W
는 머리를 긁적거리며 대답했어. 그거 쉬워. 너도 한번 써봐. 쉽
다는 말, 써보라는 말. 그 말에 용기를 얻을 줄 알았지? 그렇지
않아. 용기는커녕 마음이 상하고 말았어. 왠지 W의 대답이 성
의 없다는 생각이 들었거든. 하기야 그동안 그따위 질문들을 얼
마나 많이 받았겠어. 성가시고 귀찮기도 하겠지. 이해는 가. 그
렇지만 적어도 나한테는 좀 성의 있게 답변해 줘야지. 내가 보
통 사람이야?

며칠 후, 기계치인 W가 투덜거리며 노트북을 내게 가져왔어. 먹통이 됐다고 이거 손 좀 봐달라고. 이리저리 살펴보니까 심각한 게 아니었어. 뚝딱 고쳤지. 살아난 노트북을 보더니 W는 기뻐하며 내게 물었지. 왜 그렇게 이런 걸 잘 고치냐고. 난 머리를 긁적거리며 대답했지. 그거 쉬워. 그냥 하면 돼.

뒤돌아가는 W를 보다 문득, 지난번 일이 생각났어. 그거 쉬워. 너도 한번 써봐. 그리고 조금 전에 내가 내뱉은 말도 생각났지. 그거 쉬워. 그냥 하면 돼.

아, 나도 성의 없이 대답했구나. 그런데 사실은 그렇지 않아. 노트북을 고치는 게 정말 쉬웠거든. 그래서 그거 쉬워, 라고 말했을 뿐이야. 그러고 보니 W 역시 글 쓰는 게 쉬워서 그거 쉬워, 그러니 나한테 써보라고 한 거라는 생각이 들었어.

아, 그렇구나.

무슨 일에 도가 튼 사람은 그 일이 누워서 떡 먹기인 거야. 남들에겐 어려워 보일지 모르지만 눈만 뜨면 그 일을 하는 사람에겐 정말로 그 일이 익숙하고 무지 쉬운 거야.

밥과 책

우리는 눈만 뜨면 야채나 고기로 배를 채우고 있지. 신체에 영양분이 퍼져야 숨도 쉴 수 있고 활동도 할 수 있고 연애도 할 수 있으니까. 그런데 음식이 몸속에서 잘 조화를 이루면 문제가 없지만 한번 토라지면 고생이 이만저만이 아니지.

이를테면 배탈이나 설사 혹은 변비가 찾아올 때 말이야. 생활이 멈추고 체력도 바닥나고 자신이 미련하게 느껴지기도 하지. 어떤 날은 눈물 찔끔 흘리며 꺼억꺼억 구토까지 하기도 하지. 다시는 안 먹는다. 정말로 조심해야겠다. 수십 번 다짐하지만 몸이 조금 돌아오면 아랑곳하지 않고 다시 먹기 시작하지. 눈만 뜨면 다시 야채나 고기로 하루를 채우고 하루를 마무리하지.

그런데 우리는 간과해서는 안 될 게 있어. 지나치게 신체에게 만 관심과 사랑을 쏟는다는 거지. 매일 신체에 영양분을 공급하 듯 정신도 어루만져 주고 가끔씩 영양분을 공급해야 하는데 말 이야.

간만에 책 한 권을 펼쳤지. 서너 장 읽었을까. 라면 냄비를 들 고 다급하게 들어온 Y를 보고 나는 무의식적으로 읽던 책을 덮 어 바닥에 깔았지. 냄비 받침으로 책이 딱이야. 정신은 밥 달라고 아우성인데 생존을 위해 어쩔 수 없는 행위라고 정당화하며 오 늘도 난 배만 채웠지.

책표지에 냄비 자국만이 동그랗게 남았지.

눈물의 행방

눈물이 가장 많은 곳이라 생각했는데 공항에 가니 의외로 눈물을 볼 수 없다. 떠나는 자와 남는 자 사이에 그저 손을 흔드는 게 전부다. 좀 애틋하다 싶으면 포옹을 하는 정도. 그 많던 눈물이 어디로 사라진 걸까. 강해진 건지 말라버린 건지 다들 의연하고 태연하다.

아마도 일상 속에서 이미 많은 눈물을 흘린 탓일 게다. 눈물 흘린 적 없다지만 그렇지 않다. 늘 일정량의 눈물을 가슴으로 흘려보낸다. 보이지 않을 뿐, 보이고 싶지 않을 뿐. 눈물 없이 버틸 수

있는 날이 과연 며칠이나 될까. 점점 줄어들지 점점 늘어날지 예
측할 수 없는 나날이다.

　　이미 깊은 밤을 통과해 버렸다.

안타까운 변화

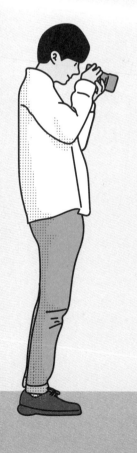

내 청춘의 기억을 버리고

내 소중한 인연들을 버리고

내 아름다운 꿈을 버리고

내 뜨거운 욕망을 버리고

나를 버린 채 또 다른 나로 살아가고 있다.

어느새 또 다른 내가 익숙해져 버린

나, 너 그리고 우리 모두.

그 순간

비가 와서 어두운 건가.

가을이 깊어 어두운 건가.

마음이 가라앉아 어두운 건가.

사방이 캄캄하다.

창문 밖에서

꼬마 아이의 호루라기 소리가 들린다.

순간,

세상이 밝아졌다.

아, 밥 먹어야겠다.

멀리서 안부

이맘때쯤이지.

엄청난 일로 인해 나는 모든 것이 다 무너졌지.

지금은 아무렇지도 않은 듯 잘 살고 있지만

그때도 태풍이 온다는 뉴스가 들렸고

밤에 창문을 열면 선선했어.

지금 누웠어.

바람이 내 콧잔등 위에서 살랑이네.

너라는 걸 알겠어.

알고도 남지 넌 늘 나를 설레게 했으니까.

그런데 시간이라는 게 참 그래.

아니, 시간이 아니라 삶이 참 그래.

삶이라는 게

나를 흔들어놓고 나를 코너에 몰고

나를 아무 가진 것 없는 나약한 사람으로 만들어버리거든.

삶이 밉긴 해도 어쩌면 고마운 건지도 몰라.

너를 잊고 살 수 있으니까

내가 살아가야 할 오늘을 끊임없이 자극해 주니까.

이 바람이 곧 끝나고 볕은 더 뜨거워지겠지.

그럼 너도 사라지겠지.

그곳에도 바람이 있고 볕이 있고

꽃이 피고 술이 있고 웃음이 있고 눈물이 있니?

같았으면 해.

내가 사는 곳과 네가 머무는 곳이.

그래야 이 밤을 내가 견딜 수 있으니까.

그래야 함께한다고 믿을 수 있으니까.

온다면

비가 오는 날, 바람까지 온다면
더 아프지.

그렇지만 그 바람에
그리운 이가 온다면
기꺼이 바람도, 그리고 비도 맞으리라.

비 오는 날의 점괘

아침에

어깨가 뻐근한 느낌이 있더니

아니다 다를까

오후에 비가 내린다.

신통하다.

저녁에

맘 한구석이 휑한 느낌이 있더니

아니다 다를까

여전히 너는 오지 않았다.

점괘가

빗나간 적이 없다.

고도비만

비가 직선으로 내리다가
뱃살에 걸려 곡선으로 떨어진다.

비 맞기도
미안하다.

겨울바다

저 바다에

너를 버리러 왔지만

결국 바다만 버리고

다시 너를

갖고 돌아왔다.

외로움의 화학작용

한때는 외롭다 말하는 사람들을 보면 한심하다고 느꼈다.

한심한 정도가 아니라 경멸했다.

왜 인생을 그렇게 헐렁하게 살까?

죽도록 바빠야 정신을 차리지.

외로움은 게을러서 오는 것으로 알았다.

외로움은 한가한 사람들의 투정쯤으로 알았다.

그런데 지금 나는 외롭다.

사람도 많고 차도 많고 가게도 많고 소음도 많고,

부족할 것 없는 풍족의 도심 속에서

나는 외로이 표지판처럼 서 있다.

쇼핑을 하고, 술을 마시고, 영화를 보고,

수다를 떨고, 수영을 하고, 염색을 해도

채울 수 없다 이 마음.

멈출 수 없다 이 눈물.

주유하기 위해 나왔지만 막상 채울 게 없다. 아니, 채울 게 없
는 게 아니라 무엇을 채워야 하고 설령 그 무엇을 발견했다고 해
도 어떻게 채워야 할지를 모르겠다.

살다 보면 겪게 되는 크고 작은 상처들이

어른이라는 나이와 화학작용을 해

외로움을 만든다는 걸 이제야 알았다.

빨간색 선물

선물을 받았다. 추석 선물.

빨간색 종이 가방, 참 고급스럽다.

오는 길 내내, 궁금했다.

무엇이 들어 있을까.

고급 와인?

동안 화장품 세트?

영양제?

포장지를 뜯는다.

아, 멸치다.

전혀 생각지도 못한.

빨간색은 참 사람을 현혹시킨다.

빨간색은 참 사람을 상상하게 만든다.

빨간색은 참 사람을 흥분하게 만든다.

밤새

멸치 똥이나 따야겠다.

5장

'다시'라는
고마운
단어

내 나이

좋을 때지.

젊음이 좋아.

언제부턴가 이런 말들이 불쑥 튀어나온다.

내 안에 늙은이가 사는 걸까.

아니면 늙은이로 내가 사는 걸까.

내가 나이를 먹은 걸까.

아니면 지친 일상에 내가 먹힌 걸까.

엄마의 전화번호

비 그치니 제법 쌀쌀하네요.

오늘은 엄마께 전화 한 통 넣어야겠어요.

그나저나

서울 지역번호는 02

부산 지역번호는 051

광주 지역번호는 062인데….

뭐였더라?

하늘나라는 지역번호가 뭐였더라?

심심한 날

심심하다고 하니

소금을 쳐서 먹으라 한다.

또 심심하다고 하니

바닷물 한 잔을 마시라고 한다.

또다시 심심하다고 하니

그냥 잠을 자라고 한다.

나쁜,

달려와 주지도 않고.

소원

막걸리를 저을 때
언제부턴가 젓가락으로
별을 그린다.

혹여
네가 별이 되어
내게로 떨어질까 해서.

여기,
그리움 하나 추가요

여름 내내,

그 사람을 보내지 못한 채

그리움 품고 사느라 아프고 힘들었다.

그런 내가 보기 안타까웠는지

이제 그 마음 접으라고,

엄마가 가을을 선물로 보내주셨다.

제법 아침저녁으로 쌀쌀하다.

고마워요. 엄마.

하나, 어쩌죠?

잘 지나간 줄 알았는데

엄마까지 그리움이 하나 더 추가가 된걸요.

그 사람 하나도 벅찬데,

왜 오셨어요.

엄마, 차라리 가을을 주지 말지 그랬어요.

그때 포기해도 늦지 않아

나의 실패와 몰락을 책망할 사람은

나 자신밖에 없었다.

나는 마침내 깨달았다.

내가 나 자신의 최대의 적이며,

나 자신이 비참한 운명의 원인이었다는 것을.

- 나폴레옹

어릴 땐 그렇게 물이 두려웠어요.

친구들이 물에 함께 들어가자고 손을 내밀면 필사적으로 거부했지요.

그러던 어느 날, 강가에 간 적이 있어요. 보기에 꽤 깊은 것 같았어요.

이번에도 친구들이 내 손을 잡으며 물에 들어가자고 했어요.

내 키보다 훨씬 깊은 곳일 거야. 난 수영을 전혀 못 해. 이런 두려운 생각에 꼼짝도 못 했어요.

그런데 문득 이런 생각이 들었어요. 이러다가 평생 물에 들어가지 못하겠구나. 용기를 냈지요. 물에 들어갔어요. 물이 무릎 살짝 위를 넘었을 뿐 깊지가 않았어요. 이 정도 깊이였는데 왜 그렇게 두려워했는지.

그래요.

두렵다고 포기한 게 그동안 얼마나 많았습니까?

시도하지 못해서 잃어버린 기회가 얼마나 많았습니까?

그러고 보면 어떤 일을 못 해서 못하는 게 아니라 미리 겁먹어 시도조차 못 해 실패하는 경우가 대부분이죠. 막상 부딪치면 별거 아닌 경우가 참 많은데 말이에요.

이런 이야기가 있어요.

밭 한가운데에 아주 큰 바윗덩어리가 있었어요.

농부는 밭일을 할 때마다 그 바윗덩어리가 여간 신경이 쓰이는 게 아니었어요. 쟁기나 호미 등 연장이 바윗덩어리에 부딪쳐 망가지질 않나 바위에 걸려서 넘어지질 않나 정말로 골치였어요.

어느 날, 농부는 큰맘을 먹었어요.

"그래, 몇 해 동안 이 바위 때문에 고생이 이만저만이 아니었어. 오늘은 기필코 이 바윗덩어리를 캐내겠어."

농부는 삽으로 바윗덩어리 주변을 파기 시작했어요. 그런데 깜짝 놀라고 말았어요. 땅속 깊게 박혀 있을 줄 알았는데 바윗덩어리는 겉으로만 드러나 있는 납작한 바위였어요. 농부는 힘들지 않게 바위를 캐낼 수 있었어요. 농부는 허탈한 웃음을 보이며 이렇게 중얼거렸어요.

"별것도 아닌 걸 가지고 몇 해 동안 괜히 망설였잖아."

지금 당신 앞을 가로막는 벽이

아주 견고하고 단단하게 보일 거예요.

그러나 혹시 압니까?

살짝만 밀쳐도 우르르 무너지고 마는 허술한 벽일지.

설령 정말로 견고한 벽일지라도 한번 시도를 해보는 겁니다.

그때 포기해도 늦지 않거든요.

아무에게도
들키지 말아야지

중력. 중력 때문에 땅에 설 수 있지.

우주에는 중력이 전혀 없어.

발이 땅에 붙어 있지 못하고 둥둥 떠다녀야 해.

사랑에 빠진다는 게 바로 그런 느낌일까?

– 조쉬 브랜드

해 어스름 붉게 익어갈 때면

또 그대 그리워

나뭇잎 바라보며 한 잎 두 잎 떼어본다.

사랑한다.

사랑하지 않는다.

사랑한다.

사랑하지 않는다.

두 개 남았을까

하나 남았을까.

가슴 설레 차마 볼 수 없어

두 눈을 감고 만다.

지나가는 바람의 겨드랑이 속에

내 그리움 숨긴다.

아무도 모르겠지, 이 마음.

세 들어 살고 싶다,
그 마음 안에

그 집은 높았다.

숨이 턱 끝까지 차오를 정도로 가팔랐다.

그래도 한 걸음, 한 걸음

사뿐히 내디딜 수 있었던 건

그 집에 그 사람이 살고 있기 때문이다.

어떻게 매일 이 높은 곳을 다녔을까.

안쓰러움과 대단함이 내 마음 안에 일렁인다.

일용한 양식이 담긴 검은 봉지를 앞뒤로 흔들며
날숨과 함께 휘파람도 불어본다.

10미터 앞, 5미터 앞.
바로 코앞까지 왔다.

똑똑똑.

하나도 숨이 차지 않은 표정으로 해맑게 웃을지
아니면 하나도 설레지 않은 것처럼
무덤덤한 표정을 지을까, 잠시 고민하는 사이 문이 열리고 말
았다.

"높아서 숨차죠?"

집은 건물이 아니다.
집은 공간이 아니다.

집은 사람이다.

"전혀요."

아무리 높은 곳에 산다고 해도 괜찮다.

숨을 멎게 하는 것은 높은 집이 아니라

바로 내 앞에 있는 그대다.

그대라는 마음 안에 세 들어 살고 싶다.

수백 번 중얼거리며

우주 천체들이 서로 당기고 밀치는

만유인력에 의해 결합하기도 하고 떨어져 있기도 하면서

그렇게 질서를 유지한다고 누군가가 말했다.

그 질서라는 것은

두 물체 사이의 거리가 다소 차이가 있을 뿐

영원히 떨어지지는 않는다는 얘기이기도 하다.

그런데 사람의 인연에는

만유인력이 작용하지 않는 듯하다.

밀고 당기고

멀어지고 다시 가까워지고,

그런 질서가 절대적인 건 아니다.

이별,

끝,

마침표가 있다.

등을 보인 그 밤 이후,

다시 앞면을 보지 못했다.

만유인력의 법칙

만유인력의 법칙

만유인력의 법칙….

수백 번 가슴 가득 중얼거리며

남겨진 한 사람은

오늘도 밤새 달빛 샤워한다.

결국 사람이다

홍어를 먹지 못하는 사람이 있다.

족발을 먹지 못하는 사람이 있다.

미더덕을 먹지 못하는 사람이 있다.

말 많은 사람을 싫어하는 사람이 있다.

지나친 애정 표현을 부담스러워하는 사람이 있다.

막걸리를 싫어하는 사람이 있다.

무리와 어울리는 걸 싫어하는 사람이 있다.

하지만

못하든, 싫어하든,

중요한 사실은 우리는 그들 앞에 있다는 것이다.

그들과 바다 이야기를 나누고 있고

그들과 굶주린 아이의 슬픔에 대해 토론하고

그들과 햅쌀과 묵은쌀의 맛에 대해

피 튀기며 얘기를 나누고 있다는 것이다.

다르지만

결국 사람이다.

하나가 될 순 없지만

하나일 필요도 없지만

우리는 똑같이 가을을 사랑하고

우리는 똑같이 인생을 애중하고

우리는 똑같이 눈물을 숭배한다는 것이다.

단순해지자.

인정하고 안아주자.

끌어안고 스르르 서로에게 녹아들자.

결국은 사람이다.

너니까 나이고

너니까 사랑이고

너니까 다시 또 하나이다.

엘리베이터 안에서

　말 한번 건네봤으면, 말 한번 섞어봤으면 그 가슴속 바람이 결국 이뤄졌다. 우연찮게 엘리베이터 공간에 단둘이 남게 된 것이다. 같은 공간, 그것도 친밀함을 의미하는 1미터 이내의 거리. 내 마음 들킬까 봐 숨소리조차 낼 수 없었다. 무심한 척 고개를 돌리는데 그 순간, 그의 뜻밖의 인사가 내 심장에 와 닿았다. 심장은 전력질주를 하기 시작했다. 눈망울이 흔들렸다. 입술이 잠자리 날개처럼 파르르 떨렸다.

그러는 사이, 어느새 5층.

문이 열리자마자 허둥지둥 몸을 밖으로 꺼냈다. 내 마음은 그
대로 안에 남겨둔 채. 6층, 7층, 8층. 그가 9층까지 올라가는 동안,
나는 5층 엘리베이터 앞에서 뿌리내린 나무처럼 여전히 서 있었
다. 바보 멍충이 말미잘 꼼장어 멍텅구리…. 말 한마디 건네지도
못하고, 인사도 받아주지도 않고 이런 빌어먹을.

나는 예의 없는 것이 되고 말았다.

아프면
아픈 대로

    엘리베이터를 탔지만 층수를 누르지 못했다. 한꺼번에 일이 터지고 말았다. 서너 개라면 해볼 만했다. 우선순위를 정해놓고 일단 급한 것부터 끄면 된다. 그러나 이렇게 한꺼번에 터졌을 때는 우선순위고 뭐고 다 소용없다. 머리가 하얘진다.

    엘리베이터가 1층에 그대로 있다. 깨어 있는 의식은 자꾸 12층을 누르라고 명령을 하지만 마음과 손가락은 거부한다. 거울 속에 있는 사람이 거울 밖 사람을 한심스럽게 쳐다본다. 최선을 다했으니 그런 눈빛으로 쳐다보지 말라고 소리치고 싶었지만 그래봤자 변명에 불과하다는 걸 알기에 말을 삼킨다. 여전히 손가락 하나 까딱할 수 없는 패닉 상태다.

엘리베이터가 5층을 향해 올라가기 시작했다. 5층의 그 누군가가 엘리베이터가 필요했던 모양이다. 그제야 그는 12층 버튼을 눌렀다. 아마도 5층 그 누군가가 그를 흔들지 않았다면 그는 밤새 엘리베이터 안에 갇혀 있었을지도 모르겠다.

살다 보면 손가락 하나도 까닥할 수 없는 그런 날이 온다. 그럴 땐 그냥 그 자리에 주저앉아라. 그냥 넋을 놓고 지내라. 애쓰지 마라. 힘들면 힘든 대로, 아프면 아픈 대로 지내라. 그것도 한 방법이다. 그렇게 지내다 보면 분명 그 누군가가 너를 흔들 것이다. 그러면 그때 움직여라. 온전하진 않겠지만 분명 새로운 것을 발견하게 되고 다시 시작하게 될 것이다.

선물

이제까지 받은 선물 중에 가장 소중한 것은 무엇이냐고 물었
다. 사실 선물을 받아본 적이 없다. 내가 머뭇거리자 그가 뾰로통
한 표정으로 말했다.

"이제까지 선물 한 번도 안 받았어? 그래?"

아니라고 대충 얼버무렸지만 그는 분명 내가 아무것도 받지
않았다는 것을 알고 있다.

"정말로 너무한다. 서운하지도 않아?"

정말로 서운해? 내 스스로에게 물었다. 희한하게도 서운하지

않았다. 화조차 나지 않았다. 물론 기념일이나 특별한 날에 선물을 받았다면 좋았을 텐지만 주지 않은 것에 대해 별 생각이 없다.

창가에 앉아 Y를 기다리며 오후에 친구랑 나눈 대화를 연장해서 생각했다. 선물 하나 받지 못한 나인데 정말이지 왜 Y에게 서운한 맘이 들지 않는 걸까?

그때 Y에게 문자 메시지가 왔다.

'오늘 시간 있어?'

그 순간, 난 깨달았다. 이제까지 줄곧 선물을 받아왔다는 사실을. Y와 함께했던 시간, 그게 바로 가장 소중한 선물이 아닐까.

여관 앞에서

문을 여는 순간,

위쪽에 달린 자그마한 종 소리에

이 세상 모든 사람들이 다 깰 것 같다는 생각.

숙박계 위에 지폐 몇 장을 올리는 순간,

이 세상에 가장 나쁜 놈이 내가 되리라는 생각.

그런 생각의 꼬리에 발목이 묶여

벌써 한 시간째 서성이네.

오도카니 전봇대에 기대어

나를 수줍게 바라보는 너.

너는 무슨 생각을 할까.

바보, 바보, 에이 바보.

서로의 눈동자가 교환될 때마다 얼굴이 붉어지고
달빛 때문이라고, 다 달빛 때문이라고
애써 변명하며 피식 웃고 또 서성이며.

그날 밤,
그 앞에서 오도 가도 못하고
우리 둘 그대로 눈사람이 되었네.

해바라기 씨

기관지에 좋다니까
엄마께 볶아줘야지.

그늘이 많으니까
엄마 가슴에 뿌려야지.

자식한테 웃음도 뺏긴 채
적금 든 세월을
뭐가 급하다고 몽땅 빼다 쓴 우리 엄마.

하늘에서라도

해바라기처럼 환하게 웃으시라고

간지럼 태워야지.

목청껏 노래해야지.

덩실덩실 춤이라도 춰야지.

비 오는 날의 막걸리

막걸리와 딸랑 쥐포 하나.

안주가 초라해 보일 수 있겠지만
보이는 게 전부는 아니다.
한쪽 눈을 게슴츠레 뜨면
없던 안주가 하나둘 생겨난다.

후두두둑 지붕을 두드리는 여름비가 안주요,
길 잃은 고양이의 울음소리가 안주요,
창문에 매달려 윙윙 노래하는 바람도 안주다.
이만큼 푸짐한 안주가 어디 있나.

한 잔,

또 한 잔.

술은 점점 줄지만

안주는 자꾸만 늘어난다.

그대라는 영원히 줄지 않는 안주.

안주에 비해

술이 한없이 부족하다.

문득
그대가 그리웠다

한여름에 내리는 첫눈인가.

마당 한편에 핀 작은 찔레꽃.

다가가면 수줍은 듯 꽃잎 붉게 오므리고

멀어지면 그리운지 꽃대 살랑거리는,

나비 한 마리 날아들어 날개 자락에 꽃향기 묻히고

저만치 저만치.

어느새 볕이 여위고 가을이 성큼 찾아오니

찔레도 옷깃을 세우며 고개를 파묻는다.

삶은 덧없고 덧없는 것.

한순간에 꽃이 떨어지고

자주 나풀거리던 나비도 이제 오지 않고

그 꽃, 조용히 떠났다.

향기라도 있었다면 두고두고 기억하련만.

문득 그대가 그리웠네.

나쁘거나
혹은 착하거나

나쁘다는 걸 알면서도 억제할 수 없어서, 견디지 못해서 해버리곤 한다.

끝나고 나면 후회도 있지만 희한하게 만족감이 더 있다. 이게 욕망의 속성인가.

들키지 않는다면 계속할 거다. 어쩔 수 없다. 멈춰야지 생각한다고 멈춰지는 게 아니기에.

사람들은 오늘도 착한 일을 한다. 나쁜 일을 한 날에는 더더욱 사람들은 착해진다. 더 많이 너그러워지고 인자해진다.

누가 나쁘고 누가 착한지 구분할 수 없는 세상이다.